JN328406

別冊淡海《おうみ》文庫24

サンライズ出版

夕《ゆう》住《ずみ》凛《りん》著

「あの子はたあれ」の童謡詩人 細川雄太郎

はじめに

「ちんからホイ！」

平成一九年（二〇〇七）に公開された映画『ドラえもん　のび太の新魔界大冒険』で使われる魔法の呪文である。これは二三年前（一九八四）に封切られた映画のリメイク版であるが、ドラえもんのひみつ道具「もしもボックス」を使って現実世界から切り替わった魔法の世界で、この呪文が何度も登場する。

さて、「ちんからホイ」という言葉は、童謡「ちんから峠」の詩の一節だというのをご存知だろうか。

この童謡は、滋賀県日野町出身の細川雄太郎《ゆうたろう》が作詞した。彼が二四歳、太平洋戦争が始まる二年前に奉公先の群馬で書いた作品である。

戦後になって、昭和二三、四年頃にリバイバルヒットした。当時一〇歳だった人は現在八〇歳になろうとしている。ドラえもんの「ちんからホイ」は知っていても、細川の「ちんから峠」や「あの子はたあれ」（だあれではなく、たあれ）を知る人は少なくなっている。

童謡詩人・細川雄太郎は一〇〇〇編を超える童謡作品を残したといわれる。ふるさとの静かな町の片隅で、仕事の傍ら季刊の詩謡誌『葉もれ陽』を発行し、たくさんの童謡愛好者を育てた。

筆者が細川から初めてもらった手紙の文面から、彼の謙虚さがうかがえる。

「若いころ発表した『あの子はたあれ』『ちんから峠』が私の代表作で、お恥ずかしいことです」

しかも、当時三四歳で細川よりもはるかに年下だった筆者のことを先生と書いてある。ヒット曲の作者であることに傲《おご》ることなく、ひたすら童謡の心を追い求めた人である。プロの作詞家になるチャンスはあったが、職業としての作詞に対する不自由さを嫌って、ふるさとの自然の中で生き生きと遊ぶ子どもたちの姿を詩《うた》いつづけた。

細川のことを誰に訊ねても、「気取らず気さくで優しい人柄だ」という言葉が返ってくる。「細川先生」というより「細川さん」と呼ぶ方が似合う。若い日の写真を見ると、長身でとてもダンディである。晩年も、背筋がスッと伸びて青年の面影を残していた。

妻に先立たれ一人暮らしをしている時、町で知り合いに声をかけられる。

「お食事はどうしてはりますの？」

「まぁ、おかげさんで何とかやっています」

いつもにこやかで飄々としているが、芯の強い人である。細川は言う、

「何かね、皆こういうもんね、とっつきにくいと思わはるんやわ。『とてもとても、作詞なんてウチはァ』てな人が多いんです。そこで、私はそういう人らに、どっかに手紙かハガキ

でも出すつもりで自分の思ったことをちゃかちゃかと書いていかはったらエエねやわと言うてます」

　控え目で物静かな口調ではあるが、ひとたび話題が童謡のことに転じると、真剣な眼差しと相まって訥々とした話ぶりの端々から歌づくりへの情熱が伝わってくる。

「大人になったとき口ずさんだら、子どものころのことが甘く、そしてちょっぴりせつなく思い起こせるような、そんな歌を、せめて自分はつくり続けたい」

と、細川は語っている。

　今、そのような歌が日本にあるだろうか。

　どれほど物質的に豊かになったところで、心はしあわせを感じない。それでも、果てのない消費社会は、次から次へと刺激的に購買欲をかきたてる。現代人はただがむしゃらに、時代に置き去りを食わないよう懸命に走っている。

　かつて童謡が日本の少年少女に歌われた時代があった。「三方よし」の精神で、商売を世の中に役立てていた商人がいた。そして、その時代を一人の若者が生き、ふるさとの自然を生涯愛し、童謡をつくり続けた。

「昔は昔」と人は言うだろう。たしかに名曲といわれた童謡も、時の流れのなかで、一曲また一曲と消えていった。

　今や「歌」の多くは歌としての価値よりも「商品」として評価され、短期サイクルの消費社会の中で、はかなく消えてしまう。その一方で、名もない作家が地方でつくった胸を打つ素晴らしい歌が、たくさん埋もれているのではないだろうか。

本書は、細川雄太郎という詩人にスポットを当て、彼が残した愛すべき作品を何とか記録しておきたいと思い立ち、筆を執ったものだ。何よりも細川の童謡作品を知ってほしい。「ほほえみふたつ」などの佳曲を埋もれさせたくないという想いである。

また、細川のふるさとが育んだ近江商人の精神や、戦前戦後にかけての童謡の盛衰を軸として、生涯を童謡にかけた愛すべき登場人物たち、そして家族愛や郷愁などを織り交ぜてまとめた細川の評伝もおさめた。

彼は、ふるさとの〝風のいろ〟を言葉に紡いだ詩人である。遠方の地から、あるいはふるさとを間近に見て、細川が編んだ詩は何かを私たちに語りかけてくる。戦後の復興からめざましく経済成長を遂げた現代日本が見失ったものをそこに感じ取ることができよう。

現代は、まさに「分断の時代」である。特に情報通信の発達した今日の消費社会では、一日二四時間しかない個人の時間を各メディアが奪い合って食い尽くそうとしている感がある。ドイツの児童文学作家ミヒャエル・エンデの書いた『モモ』に登場する時間泥棒の話が現実のもとに日々繰り返されているのだ。その結果、友との語らいや自然とのふれあい、親子の団欒《だんらん》など、あまりにたくさんの貴重な時間を私たちから奪い、本来の関係性が断ち切られているのである。長い間、歌い継がれてきた童謡が途絶えつつあることは、そのことを示す証拠だと思う。

分断は今後、強烈なネグレクトを生むだろう。失われた時間は取り返しのつかない大きなひずみとなって、社会問題化しつつある。

戦後七〇年、今だに世界中で戦争が絶えない。憎悪と暴力の連鎖は際限なく続き、容赦なく命を奪い、民族や国や仲間を分断している。これでは、人類が命のバトンをつなぐのも危うい。なにやら物騒な曲がり角に立とうとしている日本も、例外ではない。「心の時代」といわれて久しいが、今、私たちにとって何が必要であるかを考える材料としても、細川の半生を記録にとどめておきたかった。

細川は童謡のほかにも「綿向山讃歌《わたむきやま》」をはじめふるさとへの想いを込めた歌をたくさん残している。本書の作品集は、主に彼のライフワークであった同人誌『葉もれ陽』に掲載された童謡作品を中心に筆者が選定した。

童謡は日本で発達した短詩形の血をひく、シンプルでいて実に奥深い芸術だと筆者は思っている。なによりも、それが子どもの歌であるところに極めて大きな意味がある。細川の次の言葉を、よくかみしめておきたい。

「童謡は詩で、詩のない人生は美しくありません。童謡の命は童心で、童心を失っては人間ではありません」

企画から八年、本書が氏の生誕百周年に当たる時期に出版できたことを、この上なく嬉しく感じる。三年後には、童謡雑誌『赤い鳥』が創刊百年を迎える。童謡百年の計と言えば少々大げさかも知れないが、一時的なブームに終わることなく、これを機に、かつてのように子どもたちが童謡に親しみ、親子で歌い、響き合い、共鳴し合える二一世紀の童謡文化が誕生することを願ってやまない。

なお、評伝の執筆にあたっては、平成七年（一九九五）七月一日から同二五日にかけて京都新聞の夕刊に連載された『たどり来し道』（細川雄太郎・著）をはじめ、関連出版物や新聞記事、同人誌などを手掛かりとした。随所にストーリー・テリング風な語り口があるのは、当時の状況や登場人物の生き様、さらには著者の主張をより鮮明にさせたかったためである。人物名はすべて敬称を略した。

本書の執筆にあたって、作品の収集や貴重な情報の提供など、快くご協力下さった関係各位に厚く感謝する。

最後に、本年一月、六六歳の若さで逝かれた氏のご子息に出版の報告ができなかったことが、かえすがえす残念でならない。謹んでご冥福をお祈りするとともに、本書を心より捧げたい。

平成二七年（二〇一五）一〇月　著者

目次

細川雄太郎　童謡詩集

あの子はたあれ

資料編

写真提供
細川ますゑ
利根　知子

評伝
葉もれ陽の頃

風のいろは　わすれない
空いろ　花いろ　小犬いろ

細川雄太郎

第一章　ふるさとは商人のまち

少年の原風景

「ユーちゃん、行こっ！」

「よっしゃ」

町なかも野山も、すべて子どもたちの遊び場である。秘密の隠れ家がある城跡、神社やお寺の境内。絣《かすり》や紺無地の着物を着た少年たちは、縦横無尽に駆け回った。

細川雄太郎が生まれ育ったのは蒲生《がもう》郡日野町。滋賀県の南東部に位置し、琵琶湖からは二〇数キロメートル離れた三重との県境、鈴鹿山系の西の麓《ふもと》にある。

日野は商人の町である。と言っても、京や堺のように店々が立ち並び賑わうような風情ではない。町内には、関東で活躍する日野商人の本宅があちこちに並んでいる。延々と続く板塀、紅がらの格子戸。高い塀越しに見える切妻造の立派な瓦屋根、白壁の土蔵や小屋……。さながら大名屋敷の行列だ。

塀の向こう側への憧れと、自分たちには無縁の世界であることとの諦めを、細川は子ども心に感じていた。その大きな邸宅の前を過ぎて路地を入ると、細川の小さな家がある。

家のささやかな庭には、なつめの木が初夏に小さな淡い黄色の花をつける。少年の背丈より小さな木には、可憐な花が風にゆれている。その花の下で、近所の女の子がわらべうたを歌いながら遊んでいた。

奉公するなら　大窪《おおくぼ》の木地屋
飯の盛りよし　団子もいかし
夜なべは松尾の　初夜かぎり

お寺の鐘の音、小やぶの細道。輪回しごっこをしたり、竹馬や鬼ごっこで遊んだ日々、それらはすべて細川少年の原風景である。

遊びの中でも、かけっこの速さとチャンバラごっこの強さは、男の子たちにとってのステータス・シンボルだった。細川は、とびきり足が速い。かけっこでは彼に勝てる者はいない。みんなが細川の後について走ってくる。

家のすぐ近くには、末広座という芝居小屋がある。昔、高札場があった札の辻あたりは毎年八月一一日と一二月二七日に日野市で賑わうところだ。大窪の目抜き通りに夜店のテントがずらりと並ぶのである。

そこから日野小学校の方向に進み、集落を抜けると田畑が広がる。東の方角には、町の人たちが霊峰と仰ぐ山がある。鈴鹿山系のひとつ、綿向山《わたむきやま》（標高一一一〇メートル）である。撫で肩の稜線を持つ穏やかなこの山の名前の由来は定かではないが、綿をかぶせたような形から「わたかむり山」が起源であるという説や、養蚕が盛んな土地柄だったことから「わたつむぎ」が転訛したともいわれている。

綿向山が遠くに見えると天気がよいとか、笠雲をかぶると雨になるといった諺《ことわざ》が地元にはある。日々の暮らしに密着した山である。

細川は友だちと一緒に野山を駈けめぐった。遊び相手は友だちだけではない。チョウチョやトンボ、セミ、カブトムシ、ヘビ、カエル……。夏はまっ黒に日焼けして川で泳ぎ、一日中魚獲りをした。

綿向山を源流とする日野川が蒲生平野を北西に流れている。川の支流には朝鮮半島の百済から渡来した人々の遺産が数多く残る。

大正三年（一九一四）一一月二七日。細川雄太郎は、父・豊吉、母・かんの長男として日野町大窪の清雲《せおん》で生まれた。

彼の人生は、商人の町に生まれた宿命と切り離しては考えられない。

静かな山あいの農村だった日野の町が大きく変貌したのは、蒲生家がこの地を治め、戦国時代の天文二年（一五三三）から同三年にかけて蒲生定秀が中野の地に中野城（日野城）を築いてからである。定秀は、城の西側を日野川に沿って城下町の町割を敷いた。

細川が生まれ育った大窪のあたりは、城下町ができるまでは草原だった。そこに道がつけられ、鍛冶町・鉄砲町や赤銅町・塗師《ぬし》町など、現在の町並みの原形ができあがったのだ。

蒲生氏郷公の銅像（現在）と霊峰綿向山（辻村耕司撮影）

領主蒲生家のなかでも特に有名なのが、定秀の孫の氏《うじ》郷《さと》公だろう。信長の娘冬姫を妻にめとり、姉川の戦いや長篠の戦などで武功をあげた。信長なきあとは秀吉の天下取りに従い、小牧・長久手の戦いや小田原征伐などに従軍している。

文武両道に優れた氏郷は、天正一〇年（一五八二）、日野に「楽市楽座」を開いて商業の発展にも力を尽くした。彼は一三歳のとき、人質として織田信長の岐阜城で三年間を過ごしており、岐阜の楽市楽座の賑わいを見て手本にしたものだろう。日野にはもともと「日野市」と呼ばれる市が立っており、これが氏郷の政策で活性化し、日野商人を生む母体となっている。

後に氏郷は日野を去り、伊勢松坂一二万石、さらには奥州会津四二万石（後に九二万石）の藩主となった。しかし、日野の商人たちは彼を慕いつづけ、氏郷の国替えのたびに移住したり、日野との間を行き来する者が出た。

このような交流が、全国を行商する日野商人の活動の形をつくった。

会津へ移った氏郷は、町名を黒川から若松に改めている。ふるさとの日野城にほど近い馬見岡《まみおか》綿向神社の参道にある「若松の杜」から名を取ったもので、彼の望郷の想いが表れている。鶴ケ城（若松城）は戊辰戦争の激戦の後、明治政府により解体され、荒城となっていた。

春高楼の　花の宴
巡る盃　影さして

土井晩翠の詩に瀧廉太郎が作曲した「荒城の月」は、この鶴ケ城の城址を訪ねた晩翠が、深い感銘を受けて着想の一端を得たといわれている。

「氏郷公まで競争やっ！」

「今度は負けへんでぇ」

細川の家から西に行くと、雲雀野に氏郷公の銅像がある。細川が五歳（一九一九）のときに建てられたものだ。

氏郷が豊臣秀吉の命を受け、朝鮮半島への攻撃（文禄の役）のために前線基地である佐賀県の名護屋城に行く際、会津から京へのぼる途中の中山道武佐《むさ》宿（現在の滋賀県近江八幡市）で故郷の綿向山を望んで歌を詠んでいる姿である。

思いきや人の行方《ゆくえ》ぞ定めなき
我が故郷《ふるさと》を　よそに見んとは

生まれ故郷の日野を懐かしむ氏郷の気持ちがうかがえる。氏郷が源流となって江戸初期に生まれた日野商人も、遠く離れた北関東の地で氏郷と同じく郷愁の念を抱くことになる。

武士の銅像としては珍しく、氏郷は左手に短冊、右手に筆を持って、綿向山の方を向いている。のちに細川が、ふるさとを慕いつつ、ちびた鉛筆で書いた童謡「あの子はたあれ」の心情にも一脈通じる歌である。

日野商人の町で

一口に近江商人というが、日野のほかに近江八幡・五個荘《ごかしょう》・愛知川《えちがわ》・高島などの商人がある。天びん棒をかついで全国を行商するのが近江商人のスタイルであった。天びん棒とは商いの品をかつぐ棒で、編笠、道中合羽のいでたちで、天びん棒を肩に行商に出かけた。

なかでも日野商人の特長は、「日野の千両店《だな》」である。地場産業の日野碗や漢方医薬（合薬《あわせぐすり》）

多くの商人を輩出した日野の町並み

などの商いで一定の資本と販路が得られると、すぐに小規模な店を地方都市に出した。千両貯まれば店を出すので、ほかの商人から「千両店」と言われた。現在のチェーン店方式の起源をなすものであるが、出店は関東地方での酒や醤油の醸造・販売が多かった。

出店を持った商人のことを「店《たな》持ち」といい、家族は日野の本家や自宅に残して、主人も番頭、丁稚《でっち》もすべて単身赴任。また、番頭や丁稚を「店行き」と呼び、日野出身者を採用する慣わしがあった。

当時、田畑を引き継ぐ農家の長男以外は、出店に丁稚奉公することになっており、農家の三男坊だった細川の父・豊吉も妻を残して、群馬の岡崎商店で働いていた。

のちに細川自身も奉公に行くことになるこの店は、群馬県藪塚本町で味噌と醤油を醸造していた。もちろん日野商人の千両店で、群馬では大手の会社だった。「お店行き」をしている者は、年に一度か二度、帰郷が許される。日数にして三〇日か四〇日くらいしか家に帰らない。そんな訳で、細川にとっては父との想い出は数少ない。

父は、群馬から帰省すると晩酌をかかさなかった。塩サバやイワシなど、その頃としては精いっぱいのご馳走で、うまそうに酒を飲んだ。また、無類の将棋好きで、帰省中の同僚と終日駒を動かしていた。

いつだったか、隣町の水口《みなくち》町の祭に連れていってもらったことがある。父に手を引かれて神社の石段を上った。彼には、そのことくらいしか父との楽しい記憶がなかった。水口祭は四月一九日と二〇日に行われる曳山祭で、「水口囃子《ばやし》」が有名である。

祭といえば、地元の日野祭も八〇〇年以上の歴史を持つ祭として知られている。毎年五月二日、三日に行われ、各々の町内から一六基もの曳山が繰り出す。

日野のシンボル綿向山の頂上に奥の宮・大嵩《おおたけ》神社がある。この祠は、二一年毎に建て替えられる式年遷宮の祠である。そして、これに対する里宮が日野町村井の馬見岡綿向神社で、スギやヒノキなどで鬱蒼《うっそう》とした鎮守の森が南北に長く伸びている。日野祭はこの神社の春祭だ。

曳山巡行が登場したのは一八世紀頃のこと。日野商人の財力によって競うように曳山がつくられるようになり、たくさんの見物が出る絢爛《けんらん》たる祭となって今に続いている。

氏郷公の銅像があるひばり野を御旅所として、東にまっすぐ伸びる本通りへと各町内から曳山が曳き出され、馬見岡綿向神社に宮入する。笛や大太鼓・小太鼓・すり鉦による囃子は、関東地方に出店の多い日野商人の祭だけあって、関東の影響を受けた速調子である。

細川の童謡作品には、しばしば祭の光景が登場する。「風のいろ」第二節の歌詞に、父との祭の日の幼い記憶が、まぶたに浮かぶように描かれている。

風のいろは　なつかしい
父さん　おんぶの　いなかみち
まつり　だいこの　あかねいろ

赤、青、黄……。

日野祭の屋台や出店は色とりどりだ。細川少年も、祭の日には大はしゃぎで、境内や若松の杜の道を、わんぱく仲間と一緒に走りまわったことだろう。

細川が生まれた大正三年（一九一四）、巷では松井須磨子が歌う「カチューシャの唄」（中山晋平・作曲）が流行していた。

この歌はトルストイの『復活』という芝居の劇中歌で、芝居を見終わった人たちが「カチューシャの唄」を口ずさみながら帰っていく。やがて学生たちが夏休みなどで帰省した折にこの唄を歌う。こうして、まだラジオのなかった時代に、またたく間に全国へ広がったという。

帝劇で初演した芸術座は、大阪・京都から中国地方、そして九州へと西日本巡業に出かけたが、長崎に着くと、すでに「カチューシャの唄」が先回りして歌われていて劇団員を驚かせた。

街の辻では、添田唖蝉坊《あぜんぼう》の「のんき節」やヴァイオリン演歌の名曲といわれた「金色夜叉」など、明治からの流れを汲む世相を反映した唄が人気を博した。

「金色夜叉」といえば尾崎紅葉の有名な小説だが、この物語は親友の児童文学者・巌谷小波《いわやさざなみ》の失恋がモデルといわれている。明治二〇年代、巌谷小波は紅葉らの「言文一致運動」に共鳴し、昔話に題材をとった「お伽話」を集大成して日本のアンデルセンと呼ばれた。

一方、子どもの歌は、明治一四年（一八八一）に「小学唱歌集」が完成し、たくさんの唱歌が作られた。しかし、あまりに難解で教訓的すぎる内容が多かったため、「文部省唱歌校門を出でず」といわれていた。

言文一致運動を背景にして、巌谷小波も「一寸法師」や「ふじの山」など、今でも歌われる唱歌の作詞を手がけている。ちなみに巌谷小波の父は近江の出身で、「小波」のペンネームは琵琶湖のさざ波からとられている。

われは湖《うみ》の子　さすらいの
旅にしあれば　しみじみと
のぼる狭霧《さぎり》や　さざなみの
志賀の都よ　いざさらば

大正六年（一九一七）、滋賀を代表する愛唱歌「琵琶湖周航の歌」が旧制第三高等学校ボート部

（現・京都大学）の小口太郎によってはじめて披露された。それまでにも部歌はいくつかあったが、時代の流れに敏感な青年の感性が新しい歌を生んだ。近代的で自由な大正の気風と、琵琶湖をめぐるロマンが見事に織り込まれた詩であり、吉田千秋・作曲による「ひつじぐさ」の旋律にもよく馴染んでいる。

部歌はやがて寮歌となり、加藤登紀子の歌による全国的なヒットもあって今も愛唱されている。彼女の祖父も近江の人（守山市木浜）で、京都の呉服屋を一代で築き上げたという。

母のまなざし

大正一〇年（一九二一）、細川少年は日野小学校に入学した。

校舎は木造平屋建で、一〇年前に建てられたものである。校庭には、商人の町らしく「創造　進取」と記された石碑や「日野商人の銅像」が建てられている。進取とは、進んで物事に取り組むという近江商人の気質を表した言葉だ。

滋賀県内の企業に勤めた者なら大抵知っている言葉に、近江商人の経営理念を示す「三方よし」がある。商売は「売り手よし、買い手よし、世間よし」。つまり、販売する者と買う者だけでなく、世の中全体の役に立つことが真の商売であるという。

昭和五九年（一九八四）に制作された映画「てんびんの詩《うた》」（脚本・竹本幸之祐）は、この近江商人の精神を見事に語っている。

物語は大正期の五個荘商人の実話をもとに脚色されたものだが、ある商家の子どもが小学校の卒業祝いに父親から包を贈られ、「明日から、これを売って来い」と命じられる。包には一番売りにくいといわれる「鍋蓋《なべぶた》」が入っていた。

まだ一三歳の少年である。親戚や知人の家を回って義理をからませ、またある時は卑屈なモミ手、泣き落としなど、あの手この手で鍋蓋を売ろうとする。しかし、所詮がウソとまねごと。人の道に外れた商いでは、売れるはずもない。親を恨み、客を恨んだ少年は、ある日、農家の洗い場にあった鍋や釜を見て、「壊して竹藪に捨てたら買うてくれるかも知れん」と思った。次の瞬間、鍋が無性にいとおしくなった。「この鍋蓋もわし（私）みたいに難儀して売ったものかも知れん」。そう思うと、少年は無心に鍋を洗い出した。

そこへ農家の女が声を掛ける。「おい！　人の鍋、何しとるの」「かんにんして下さい。わし悪い奴です」と少年がありのままを告白し、ついに売る者と買う者の心が通じて蓋が売れるという物語である。

心が伴わない商売はすぐに破綻する。現代の大量消費社会は、人間を「消費者」に仕立てて、社会全体が構造的な押し売りを強要しているかに見える。

また、この物語は家族だけでなく地域全体で「人」を育てていく大切さをも教えている。世の中が人を一人前にするのである。

商人の家では「倹約と正直」が重んじられた。幼い頃から始末《しまつ》・節約が習慣付けられる。商家ではこれを「始末してきばる」という。ケチとは全く違う。必要な投資は惜しまないが、見栄による出費はしない。「きばる」とは、精を出して働くという意味の方言である。また、商売上の信用につながる誠実さと正直が徳目とされた。

それらのしつけは母親の役目であるとともに、丁稚奉公というしくみにも厳格に組み込まれている。細川少年が商人の町に生まれ育ったことは、堅実で腰が低く、人当たりの良い彼の人柄にも深く影響を与えている。

彼の母は、日野の農家から嫁いで来た。気丈で、いつも背筋を伸ばした男勝りの女性だった。

細川の母　かん（1955年撮影）

日野商人の妻のことを「関東後家」という。夫は一年のほとんどを関東店へ単身赴任し、彼女たちは留守宅を守り、近所や親戚付き合い、育児、しつけ、夫からの仕送りのお金のやりくりなど、女手一つで留守の一切をきりまわした。

これも商人の家の宿命である。妻たちは朝暗いうちに起きて、家事や農作業に精を出し、夜は遅くまで針仕事や内職をこなした。年に数回届く夫からの手紙を心の支えとして。

玄関の横には客の顔を確認するための「のぞき窓」、そして上がりかまちには男物の下駄がきちんと並べてある。いわゆる「用心下駄」である。ちょうどそれは、一人暮らしをする若い女性が、マンションのベランダに男物の洗濯ものを干す光景と似ている。

関東後家の厳しく慎ましい生活形態は、江戸時代から昭和三〇年代まで約三〇〇年間も続いた。細川には妹が二人いる。父からの仕送りだけでは母と子ども三人の生計を立てるのは苦しかった。細川の母は苦学をして京都府立医学専門学校付属の産婆教習所で資格を取り、助産婦の仕事をしていた。

お産の仕事だから、産気づいた家から呼び出しが来る。母が出かけてしまうと、細川は妹をおぶって母の帰りを待った。寒い冬の夜などは、妹を乳母車にのせ、布団でくるんだ。暖房のない部屋で、乳母車をゆりかごのように揺すって寝かせるのだ。

ゆーきんぼー　飛んで来た
京の丁稚が泣くわいな

薄暗い電灯の下で心細くなるのを懸命にこらえ、妹をあやした。雪まじりの風が戸をガタガタと震わせる。障子にうつった影が何度も動いた。

母は、やさしかった。お風呂のなかで細川に童歌《わらべうた》や「一寸法師」などの唱歌を歌ってくれた。破れた窓から月を見て、兎の話もしてくれた。

うさぎ　うさぎ
なに見て　はねる
十五夜お月さん
見て　はねる

細川が小学校に入学する三年前、大正七年（一九一八）、児童音楽に記念すべきひとつの新しい波が湧き起っている。鈴木三重吉による「童話と童謡を創作する最初の文学的運動」であり、童謡雑誌『赤い鳥』の創刊である。

のちに「児童文化のルネサンス」と呼ばれたこの運動には、夏目漱石の門下生である鈴木三重吉の呼びかけに応じて、錚々《そうそう》たるメンバーが参加した。創作童話では芥川龍之介、島崎藤村、野上彌生子などが名を連ね、創作童謡では作詞が北原白秋、西條八十《やそ》、泉鏡花、小川未明ら、作曲が山田耕筰、成田為三、近衛秀麿という当時を代表するアーティストの面々である。

ただし、創刊当初の童謡には曲がついていなかった。一年後、「かなりや」（西条八十詩・成田為三曲）の詩と楽譜が『赤い鳥』に掲載され、これが思いがけず成功したことを機に、歌としての童謡が次々とつくられていく。

はじめて童謡のレコードが作られたのもこの頃で、童話唱歌「茶目子の一日」（大正八年）や「かなりや」（同九年）が発売されている。

文学への目覚め

小学校に入った細川はおとなしい少年だった。成績は丙がなく乙より少し甲が多い。いわゆる中の上。かけっこが得意だった。ただ、運動会での雄姿を父に見てもらえないのが淋しかった。相変わらず家計は苦しかったが、母は日々のやりくりの中から工面して、多感な細川少年に『日本少年』や『少年倶楽部』などの少年雑誌を買い与えていた。映画が五〇銭だった時代に、ほぼ同じ値段の雑誌である。

「かなりや」の作詞で知られる西條八十や、『芳水詩集』で全国の少年少女の血を沸きたたせた有本芳水の詩、吉田絃二郎の小説などを彼は熱心に読んだ。

雑誌の表紙や口絵も華やかだ。大正時代を代表する画家としては竹久夢二が有名だが、『赤い鳥』の清水良雄、『コドモノクニ』の武井武雄や岡本帰一、『童話』の川上四郎などの童画家が次々に登場し、活躍している。

細川が愛読した少年雑誌の挿絵には山口将吉郎や斎藤五百枝《いおえ》、また少女向けの雑誌には加藤まさを、蕗谷虹児などが腕をふるった。

書名や内容は忘れても、挿絵のひとつふたつは大人になってからも妙に覚えているものだ。細川自身は、いくつになっても高畠華宵《たかばたけかしょう》の絵があざやかに甦ってくると後年語っている。

学校の授業では、特に綴り方と図画が好きだった。細川は、小学校で二人の教師に強い影響を受けている。

一人は二〇歳代の熱心な綴り方の先生で、万葉集を分かりやすく教えた。先生が黒板にチョークで書いた万葉集のなかでも

淡海《あふみ》の海　夕波千鳥　汝が鳴けば
情《こころ》もしのに　いにしへ思ほゆ

という琵琶湖を題材に詠んだ柿本人麻呂の和歌は特に印象に残った。万葉集との出会いが、細川を詩の世界に一歩近づけたのである。

また、この先生は『赤い鳥』運動で芽吹いた童謡詩や鈴木三重吉の童話を熱心に生徒に教えた。のちに細川が手本として何度も読んだ野口雨情や西条八十の作品もあった。官製唱歌の文語体に対して、デスマス体の童謡は子どもにとってたいへん新鮮で、当時としては斬新なものだった。題材も教訓めいたものがなく、決して押し付けがましくない。唱歌にはない身近でやさしい童謡

詩と親しみやすいメロディが子どもたちの支持を得ていた。

しかし、当時、教育者のなかには「情緒的、頽廃的、軟弱、卑俗である」として童謡を排斥する向きもあった。ほとんどの童謡は文部省の検定を受けていなかったため、教室では歌えなかったのである。

大正中期頃までは、子どもが学校で童謡を歌っていると、先生が飛んできて「唱歌を歌え」と叱られた。このような時代に、この先生は野口雨情などが作った新しい子どもの歌を積極的に生徒に教えたのである。

淡海《おうみ》文化を育てる会が企画・発行した『「赤い鳥」6つの物語―滋賀児童文化探訪の旅―』（一九九九年、サンライズ出版発行）によると、赤い鳥の特徴のひとつに投稿作文があり、大正七年（創刊時）の一巻四号には、すでに日野小学校の外池寛という生徒が綴り方の作品を投稿している。細川が習ったのと同じ教師の指導によるものかどうかは定かではないが、県内では一番早い投稿である。

「創造　進取」の気風を象徴するかのように建つ日野小学校前の商人像

もう一人の先生は、これも二〇歳代の図画の先生である。

細川の脳裏に浮かぶひとつの風景がある。雨上がりの初夏、広々としたふるさとの田園風景。田んぼの畔には、榛《はん》の木の幹に干し藁の束が積み上げられ、遠くに綿向山が見える。細川は、この風景を写生して先生に褒められた。

彼は先生の下宿をしばしば訪ね、花の写生などを見せてもらい、ますます絵が好きになった。ある時、先生が俳画を見せてくれた。

「俳画は俳句が主か、絵が主か、どっちだと思う?」

「うーん、先生、分からんわ」

「ようく見てみ。絵の中に、もう一句、俳句が見えんか? 詩のようなものが見えるやろ?」

「そういえば、そんな気がするなぁ」

細川は、絵を通じてイメージに対する感覚を磨いていった。「見ること」と「感じること」は、常につながっていることを学んだ。

母や教師から教わって目覚めた詩や文学の面白さに加えて、驚きや感動、よく見る習慣の大切さ、それから自分の言葉で自己を表現する「創作」の喜び……。少年の目の前に未知の新しい世界が広がっていた。

父の死

大成した日野商人たちは、商いで得た利益を世の中のために使った。前述した「三方よし」の精神である。

なかでも有名なのが中井正治右衛門で、瀬田の唐橋の架け替えや、草津宿の常夜燈の建立、京都黒谷光明寺谷の植林をはじめとする公共事業、社寺の修復など全国に及ぶ貢献をしている。

「あの子はたあれ」にお寺の小僧さんが登場するが、日野には実に寺が多い。町内に九〇近くの寺がある。商人たちは一様に信仰心が篤く、彼らは社寺の保護にも努めた。町内のあちらこちらに響く寺の鐘の音は、日野の風物であろう。

商人宅を資料館にした近江日野商人館（滋賀県日野町）

当時の日野町は田んぼの中に、こぢんまりとたたずむ静かな町であった。藁屋根の家が続く古風な町ではあったが、いち早い電話の開通や女学校・幼稚園の開設が行われたのも、日野商人がふるさとに残した恩恵といえる。

日野商人の成功の理由として「日野大当番」があげられる。早くから組合を作り、規約を決めた。全国の主な街道に指定の旅館（定宿《じょうやど》）を置いた。また、売掛代金が滞っても勘定奉行のお墨付きによって代金を回収できる訴訟制度や関所の通行など、江戸幕府から与えられた便宜のもとで安心して商いができた。

多くの日野商人は北関東に進出し、出店を持った。日野は東海道と中山道をつなぐ御代参街道沿いにあり、中山道六十九次で最も栄えたという上州高崎までの約四四〇キロメートルを何度も往復しては行商した。

近江商人の屋号には星を用いたものが多くある。まだ夜の明けきらない午前四時頃、星をいただいて出発し、夜も暗くなるまで精を出した。一日に一〇里（四〇キロメートル）ほども歩いたという。

細川の父が働いていた岡崎商店も、日野出身の初代源左衛門が群馬の地で酒造業をはじめたのが最初である。

明治初期には一時衰退した日野商人であるが、大正時代には再び活動が盛んになっていた。大正初年当時、日野の商家の出店数は関東を中心に一九〇を数えている。

とはいえ、現代と比べようもなく物のない、貧しい時代であった。商人の精神に裏打ちされた毎日の質素な生活とつましい食事ではあったが、細川少年はすくすくと育った。

「あの子はたあれ」初出の歌詞には、竹馬ごっこで遊んでいる「ユーチャン」が登場する。おそらく細川の少年期のニックネームだったのだろう。物がなかった時代だったからこそ心豊かに毎日を過ごせたと、のちに細川は回想している。

ユーチャンはすらっと背が高く、得意の短距離走では、六年生の時に一〇〇メートルを一二秒三で走った。近隣の小学校との大会で優勝したこともあった。

そんなある日、関東で未曾有の地震災害が起こった。相模湾沖を震源とする関東大震災（大正一二年）である。マグニチュード七・九の烈震は首都東京を廃墟に変えた。折からの強風が猛火を誘い、津波の襲来もあって死者・行方不明合わせて約一〇万五〇〇〇人にのぼった。

揺れは関東一都六県にまで及び、群馬でも四九戸の家屋が全壊（前橋地方気象台・年表）するほどであった。地震は突然やって来て、平穏を打ち破る。人々はその脅威になすすべもない。

同じ年、細川少年と家族にも激震が走る出来事が起こった。父・豊吉が病死したのである。細川が九歳になる年だった。

上州の地で苦労を重ね、ようやく番頭になって、これからという時であった。本人も悔しかったろうし、大黒柱を失った一家の嘆きはあまりにも大きい。

父の死後、細川家はますます貧苦に喘ぐようになった。

助産婦をしながら家計を支えていた母の苦労は、長男の雄太郎には痛い程よくわかる。兄妹で売薬の袋貼りの内職をして母を助けた。何度も夜なべをした。

家族のことを考えると、少しでも早く収入を得る立場にならなければ……。細川は、中学進学の道をあきらめるしかなかった。

卒業後の進路は、すでに決まっていた。父が働いていた岡崎商店へ奉公に行くという道である。細川に限らず、当時中学校に進む者はクラスの四〇人中三人くらいしかいなかった。一〇人のうち九人は「お店行き」をした。

多感な年頃である。成績は中学に上がるには充分だったし、自分なりに描いた夢もあったろう。だが、目の前に選択肢はない。行くべき道はただひとつ。時は待ってはくれない。青春を謳歌した小学校を卒業する日がやってきた。

第二章　ふるさとを遠くはなれて

お店行き

日野小学校高等科を卒業した細川は、町内にある岡崎商店の本家に奉公に出た。昭和四年（一九二九）のことである。

日野では、本家のだんな衆を「お店持《たな》ち」と呼び、奉公人は「お店行き」と言う。いわば二極化された格差社会であった。「お店行き」の家にも序列があって、それはそのまま丁稚、手代、番頭など奉公先の序列であった。

「言《ゆ》うたーろ、言うたーろ、先生に言うたーろっ」

「そうや、俺は雄太郎《ゆうたろう》や、文句あるかっ」

「わーい、丁稚の子が怒った。逃げろー」

何か事があると、「丁稚の家のくせに」などと言われ、奉公人の家族は随分と肩身の狭い思いをした。

岡崎商店の本宅は内池村（現・日野町内池）にある。近江鉄道日野駅前の道を東に少し行くと、天智天皇が行幸中に立ち寄ったとされる鈴休《すずやみ》神社が左手に見える。その手前右側に岡崎の本家があった。

今は本家の建物は取り壊されているが、日野町教育委員会の『日野商人本宅調査報告書』（二〇〇六年三月）によると、西向きに門を構え、主屋は切妻造瓦葺《かわらぶき》平入り。敷地は間口最大約六三メートル・奥行最大約三七メートルで、周囲は石組を立ち上げて土塀や板塀で囲まれている。岡崎商店の主人は関東店に単身赴任しているため、本家には留守を預かる奥さんがいるだけである。あとは女中が五人くらい、花嫁修業を兼ねて料理や洗濯、裁縫の手習いや行儀作法を教わっていた。それに便所の汲み取りや家庭菜園の手入れをする年配の男が一人いた。

細川の母は、親元を離れてはじめての住込み生活をはじめる一四歳の彼を気づかって、こう言い聞かせた。

「反抗したり、怠けたりするんやないで。奥様や女中さんたちの教えてくれることは素直に守りいや。それから、くれぐれも体を大切にな」

細川は、うん、と頷いた。

日野では、まず本家で奉公させて、仕事をさせながら、行儀や言葉づかいなどを教え込む。こうした役目は本家の奥さんの仕事で、将来の見込みがあれば、めでたく本採用となって「関東店」へ行くという習わしだった。

丁稚見習いは、あたりが白みかける頃に起きて、庭掃除や家のなかの拭き掃除から下足の整理、買い物、夜には風呂たきや拍子木をもっての夜まわりなどをする。

細川は、猟好きな主人が飼っていた猟犬やキジの世話もした。住み込み奉公といっても実家からさほど遠い場所ではなかったので、買い物の行き帰りには母の顔を見ることもできた。

本家といえども生活は商人らしく質素そのものだった。食事は月に一、二回「塩引き」といって魚がつくこともあったが、大抵は野菜の煮物とみそ汁が毎日の献立で、「腹八分目」が徹底されている。風呂たきも限られた数本の薪でお湯を沸かし、水も使い回して決して無駄をさせないよう厳しくしつけられた。

しかし、みんな素朴で純情な人たちで、つらくはなかった。生まれ育った日野の町の馴れ親しんだ空気のなかで、細川は新たな人生の一歩を今踏み出したばかりだった。

やぁまの　やぁまの　つくつくぼうし
何で日向に　出よらんか

本家のすぐ近くにある照光寺の境内で子どもたちの歌うまりつき唄が、夕暮れの静けさをついて遠く近く細川の耳元に聞こえてくる。

桃栗三年柿八年　柚は九年でなりかけて
梅はすいすい一三年
桜はいよいよお祝で　ちょっと一献かしました

この頃、童謡の世界では『赤い鳥』が起爆剤となって、『おとぎの世界』や『金の船』（のち『金の星』）、『コドモノクニ』などの児童雑誌が相次いで発刊された。

なかでも『金の船』は本居長世《もとおりながよ》が作曲を担当し、野口雨情とのコンビで「十五夜お月さん」や「青い目の人形」「七つの子」など、童謡の名作を次々に発表している。

本居長世には歌の上手な三人の娘がいた。長女みどりは、大正九年（一九二〇）に有楽座で開かれた新作発表会で「十五夜お月さん」を歌って絶賛された。箏曲の宮城道雄やバリトンの梁田《やなだ》貞《ただし》らが出演するなか、当時八歳のみどりは客席からの割れんばかりの拍手を一身に浴びたという。長世の娘たちは本居三姉妹と呼ばれ、日本全国を演奏旅行し、童謡少女スターのはしりとなった。

長世のほかにも「浜千鳥」「叱られて」の弘田龍太郎、「月の沙漠」の佐々木すぐる、「花かげ」を作曲した豊田義一、「揺籠《ゆりかご》のうた」の草川信、大正末期から昭和初期にかけては山田耕筰が活躍している。

草川信は長野の出身。東京音楽学校で弘田龍太郎らに師事した。高等女学校に勤務するかたわら「夕焼小焼」「どこかで春が」などの名曲を次々に世に出している。

こうした童謡文化の潮流から有望な新人作家も誕生している。西條八十が絶賛した金子みすゞも『金の星』などに童謡詩を発表し認められた一人であった。

細川が小学校に入学した大正一〇年（一九二一）から大正末年の約五年間に作られた主な童謡を詩の発表年順にあげてみよう。

発表年	タイトル	作詞	掲載誌
大正一〇年（一九二一）	「七つの子」	野口雨情	『金の船』
	「赤とんぼ」	三木露風	『樫の實』
	「搖籠のうた」	北原白秋	『小学女生』
	「青い目の人形」	野口雨情	『金の船』
	「赤い靴」	野口雨情	『小学女生』
大正一一年（一九二二）	「シャボン玉」	野口雨情	『金の塔』
大正一二年（一九二三）	「どこかで春が」	百田宗治	『小学男生』
	「月の沙漠」	加藤まさを	『少女倶楽部』
	「春よ来い」	相馬御風《ぎょふう》	『金の鳥』
	「肩たたき」	西條八十	『幼年の友』
	「夕焼小焼」	中村雨紅	『あたらしい童謡』
大正一三年（一九二四）	「あの町この町」	野口雨情	『コドモノクニ』
	「兎のダンス」	野口雨情	『コドモノクニ』
	「からたちの花」	北原白秋	『赤い鳥』
	「證城寺の狸囃」	野口雨情	『金の星』
大正一四年（一九二五）	「雨降りお月さん」	野口雨情	『コドモノクニ』
	「待ちぼうけ」	北原白秋	『子供の村』

大正一五年（一九二六）「この道」　北原白秋　『赤い鳥』

しかし、昭和に入ると創作童謡は衰退期を迎える。昭和四年には『金の星』が廃刊となり、一六年間あまり発刊された『赤い鳥』も、昭和一一年（一九三六）に鈴木三重吉が亡くなって同年一〇月に幕を降ろした。

活字と楽譜を主な媒体とした童謡誌は、最盛期には一三誌にものぼったが、昭和に入ると、レコードやラジオを媒体とした新しい童謡がこれに取って代わる。いわゆる「レコード童謡」と呼ばれる歌である。

新たなうねりの中で、意欲的な新進の作家たちが相次いで登場した。彼らによって昭和という新しい時代の「新しい童謡」がつくられていくのである。

数年後、細川の作品が、これら昭和の名作童謡に名を連ねることになるとは、当の本人には知る由もなかった。

群馬へ

本家奉公の一年が過ぎ、昭和五年（一九三〇）に細川は群馬県の出店に行くことになった。いわゆる丁稚奉公である。

岡崎商店の出店は、味噌、醤油の醸造元で、仕込職人や丁稚をたくさん抱えていた。関東の酒造や醤油づくりは日野商人が始めたともいわれるくらいに、関東店には醸造業が多い。日野碗や漆器などの日野特産品を東上州に持ちこみ、帰りに絹や生糸を登《のぼ》せ荷したのがきっかけで、最初は酒造業からはじまった。創業は宝永元年（一七〇四）、忠臣蔵で知られる赤穂浪士の討ち入りがあった元禄一五年の三年後というから歴史の重みを感じる。

丁稚になると最初の三年間は帰郷が許されない。これは里心をつけない配慮であるが、奉公人やその家族には気の遠くなるような長い時間だったに違いない。

群馬へ旅立つ細川を、二人の妹が本家まで見送りに来てくれた。

「千代、キヨ、ふたりとも元気で……」

これが今生の別れになるかも知れない、という想いが細川の胸をよぎった。

三年前の金融恐慌やこれに続く大不況、大凶作など、元号が昭和に改まってから世の中は重苦しい空気に包まれていた。東北では娘の身売りや一家心中が絶えないという。

今日は綿向山がかすれて見える。二人並んだ小さな妹たちの涙に自分も声をつまらせ、彼は悲しみを必死でこらえていた。

まだ一五歳、今でいえば中学三年の少年である。肩を寄せ合うように暮らしてきた家族との別れはつらかった。荷物といえば、身の回りの物を入れた柳行李《やなぎごうり》ひとつ。休暇の終わった同郷の先輩に連れられて、心細い身体をちぢこめながら夜汽車に揺られて向かった。

当時は、国鉄米原駅から東京駅（山の手線）、上野駅（東北線）を経由して両毛線で太田方面に行く。少年にとっては長く不安な道のりだった。

ゴトゴトと揺れる夜汽車の座席で、細川はなかなか眠れなかった。時折ガタンと揺れて止まる深夜の停車駅を見やると、ほの暗い電燈に照らされた人気《ひとけ》のないホームが少年の心を一層不安にさせた。

幾筋か並んだレールは、それぞれに違う路に続いている。しかし、細川の乗った汽車のレールは、彼の意志とは関係なく、一路群馬へと続くのみである。

いつか父が話してくれたことがある、奉公先の町の景色や仕事のことを想い出しながら、細川はいつのまにか眠り込んだ。一面の桑畑、麦畑、砂ぼこり、塩せんべい……。

店は、新田郡藪塚《やぶづか》本町（現・太田市）にあった。

群馬県は鶴の形に似ている。両の翼を広げて東に飛んでいく姿である。藪塚本町は県の南東部、ちょうど鶴の首の付け根に位置する。東部に丘陵地がある以外は、平坦な土地が一面に広がるだけだ。渡良瀬川の扇状地の扇央部にあたり、水田よりも畑が多い。上州平野の北緯三六度付近は、名物のからっ風が吹き抜ける。

群馬の店には、大番頭・中《なか》番頭・丁稚など一五人ほどがいた。彼らはすべて日野から単身赴任して来ている。また、店から少し離れたところには味噌・醤油を醸造する工場があった。工場の従業員や、樽をつくる一〇人ばかりの桶職人は地元採用だった。

近江商人の出店には原則として女手を置かない。着物を洗濯したり、繕ったりするおばあさんが一人いるだけだった。

食事の支度は丁稚の仕事で、ご飯と味噌汁が中心の質素なものだ。細川たちには、もう当たり前の献立である。あとは豆や野菜、厚揚げを煮たり、時々はメザシやイワシを焼いたりした。

岡崎商店は藪塚本町の大原《おおばら》に会社があり、もとは酒造を業として「伯龍」という銘柄で人気があった。江戸後期の思想家・高山彦九郎が安永六年（一七七七）にここに立ち寄り、「伯龍」を飲んだことが知られている。

明治三〇年代、酒の諸味《もろみ》の腐敗により大損害を出し、大正の初めに醤油と味噌の醸造販売を手がけるようになった。屋号を「近江屋」という。醤油は「湖水」や「八景」という近江にちなんだ銘柄で、味噌は㊜印である。

二〇〇九坪という、阪神甲子園球場の半分ほどもある広大な店舗工場を持ち、レンガ造りの煙突が二本高く空に伸びていた。正午になると、その煙突の先端に取り付けられた笛が鳴る。

「近江屋のポーが鳴ったからお昼にしよう」

と言って周辺の家の者は食事の準備にかかり、畑で仕事をする者は家に帰ったという。

工場の入り口はトラックが自由に出入りできるように広く、右手には事務室や店員の控え室・食堂などが置かれ、奥の工場部分には仕込倉や味噌倉、圧搾などの作業場があった。

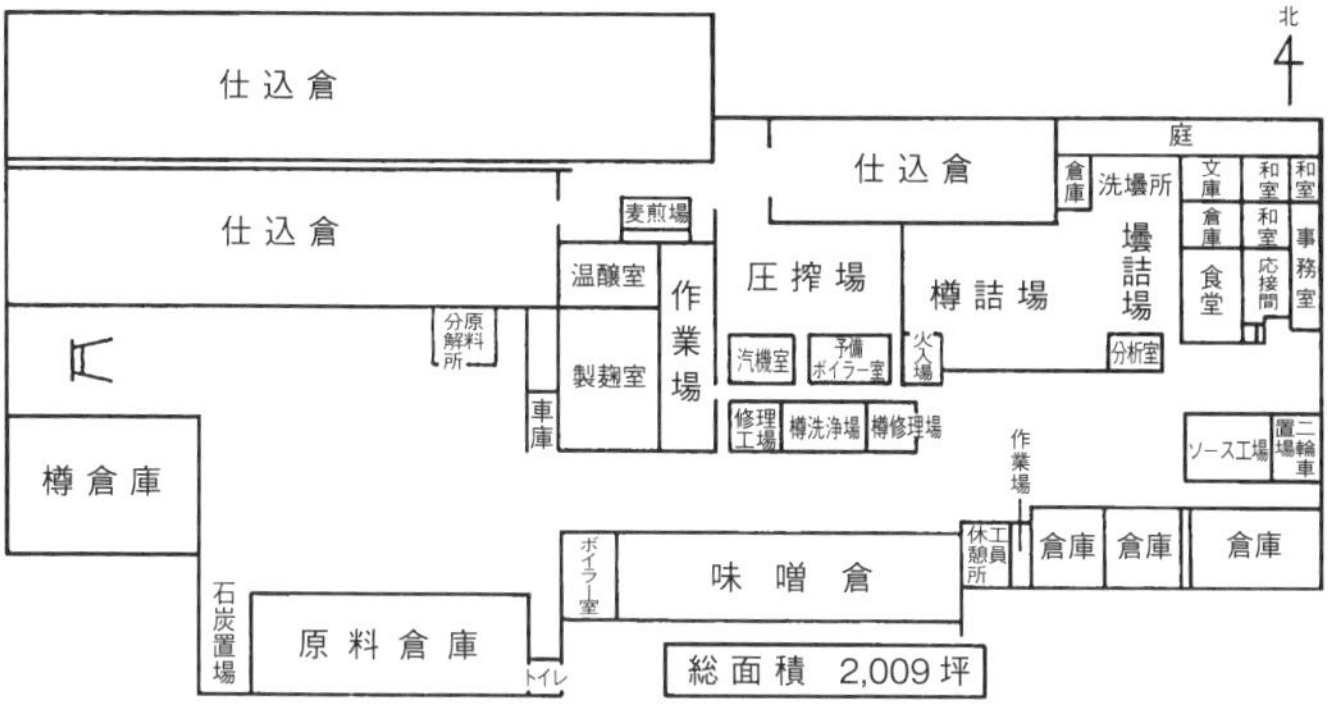

「近江屋」店舗工場の配置図
『藪塚本町誌』下巻（藪塚本町誌専門委員会　朝日印刷工業　1995年）より転載

醤油は蒸した大豆と炒った小麦を混合して種麹《こうじ》を加えて「麹」を造る。群馬は、小麦の生産地として名高い土地だ。この麹を食塩水と混ぜて仕込む。この「諸味」を発酵・熟成させると、醤油特有の色や香りが生み出される。工場内は醤油や味噌の匂いでむせ返っていた。

丁稚の朝は早い。五時起床。店内を掃除し、番頭への給仕、朝食後は工場に行って、ビン洗いをしたり、山のように積まれた空樽の整理や商品ラベルの仕上げなどの荷造り作業をする。そのようにして商品名や出荷先などを学びとるのである。

販路は群馬県一円はもとより、埼玉や栃木にまで及んでいた。特に仕込みの時期は臨時従業員も雇い、多忙を極める。

藪塚は養豚が盛んで、飼料として岡崎商店の醤油粕が使われており、それを買い求める農家の人たちが朝早くから店の前に行列をつくった。

味噌や醤油の配達は丁稚の仕事だ。リヤカーに一斗樽

（一八リットル）を五〜六本積んで、三〇キロメートルも離れた小売店まで自転車で引っ張って行った。見渡す限りに広がる桑畑。冬ともなると、上州名物の空っ風が吹き渡る中を砂ぼこりにまみれながらの重労働である。

大寒　小寒
山から小僧が泣いて来た
なんといって泣いて来た
寒いといって泣いて来た

樽の縄掛け作業では、ひび割れた指に荒縄が食い込んで、血がにじむこともある。それでも歯を食いしばって頑張った。

番頭や丁稚は店の二階で寝起きをした。丁稚は大部屋で雑魚寝《ざこね》である。最初の三年はタダ働きに近い。冬でも足袋や靴下は履かせてもらえない。

番頭や先輩の丁稚にいじめられ、幾度となく泣いたこともあった。丁稚にも序列がある。新米の丁稚に容赦はない。たとえ元番頭の息子だったとしても……。彼は孤独だった。自分の居場所がどこにもないように感じられた。

「一人前の番頭になりたいという夢があったから辛抱できたんやな」

と、細川は述懐している。

彼の眼前には、父の歩んだ足跡があった。丁稚から精進してやっと番頭になった矢先に、あの世に行ってしまった父の姿が想い浮かんだ。

（オレもきばって番頭になって、のれん分けしてもうて店を出すんや）

しかし、そう言い聞かせた心のどこかに、何か漠然とした物足りなさ、もどかしさをも感じているのだった。それは無理からぬことだ。いくら気負いこんでみても、まだあどけなさの残る少年に確固たる志を求めるのは酷というものである。

ふるさとを想えば、やさしい母や妹たちのことが懐かしくてたまらなかった。

お風呂とハーモニカ

細川は一七歳、スラッと背の高い青年になっていた。

二年前には満州事変が起き、日本は戦争への道に突入していたが、細川もようやく仕事が板についてきて朝早くから仕事に精を出していた。

岡崎商店の手前には、通称「あかがね街道」と呼ばれる道が藪塚本町を南北に通っている。足尾銅山から江戸へ銅を運んだ道で、大原は宿場町であった。この街道を店から五〇〇メートルくらい北に行ったところに「出倉」と呼ばれる味噌蔵（岡崎第二工場）があり、丁稚は店と出倉を往復しながら朝昼晩の弁当を運んだり、出荷の仕事もした。

丁稚制度は江戸時代にできた。住み込みで雑用や使い走りから始めて滅私奉公をした後、主人の裁量で手代になる。文字どおり手代は主人の手足となって働き、番頭をまかされ、やがて暖簾《のれん》分けされる。

しかし、現実は厳しい。出世をするには、余程の強い意志と根性、それに運がなければならない。「運・鈍・根」といわれる所以だ。ある資料では、奉公後の六年間に、実に六割近くの丁稚が辞めているという記録すらある。（『近江商人――軌跡・系譜と現代の群像』朝日新聞大津支局編・かもがわ出版、一九九一年）

その上、番頭ともなれば店を切り盛りする才覚が求められる。暖簾分けまで行く者はほんの一握りで、店入りして二五年から三〇年かかる。気が遠くなるような競争社会であった。

「滅私奉公」という言葉は良い意味で使われることは滅多にないが、丁稚奉公自体は、一人前の商人としての人材を育てるためによく考え抜かれた仕組みである。「三方よし」を具現化するための欠かせない制度と見ることもできる。いとしき子には旅をさせよ式に、なじみのない土地で世間よしの「世間」を体験させるのだ。

だから、この制度に言う「滅私」とは、自分を滅ぼすことでも、自分を抑え込むことでもない。いわば、自分を無くするほど「一心に打ち込む」あるいは「無心に働く」という意味である。

ところが、時としてそれは「自分が埋没する」「無くなってしまう」という不安として作用することがある。

いくらよくできた制度であっても、その内側に身を置く人間にはその意味が十分に呑み込めない。まして二〇歳にも届かない若者である。奉公という窮屈な枠の中に押し込められ、「自分とは一体何なのか」「何のために生まれてきたのか」と自問し、〝自分探し〟の深い霧の中をさまよう者もあったことだろう。自分が自分を探すという葛藤は、あたかも水面に映った自分に向かって「お前は誰だ」と言っているようなものである。だが、五里霧中の裡にある者はそのことに気付かない。

細川が感じていた物足りなさ、もどかしさも、自我への問いかけに似たものだったのだろうか。あるいは、若い彼の心が古い因習の匂いを嗅ぎ取っていたのかも知れない。しかし、それは漠として答えの出ない問いであった。


出倉では粒味噌を機械でつぶし、濾《こし》味噌をつくる。それをハカリで計って、樽詰めしたものに縄をかけ、商標を貼って出荷するのである。

ここには第二工場の主任として地元に住む四〇歳代の番頭がいた。俳句が好きで、細川は彼から季題や切れ字などを教わった。

当時の細川の印象について、その主任の娘さんである相羽とみの話が、月刊『上州路』三月号（あさを社、一九八九年）に掲載されている。

丁稚時代の細川雄太郎

「父が俳句などをやっていて、そうした工場内の雰囲気がそうさせたのか、雄太郎さんは文学好きの好青年でした」

やがて細川は、自分でも俳句をつくり、新聞に投稿するようになっていた。

藪塚に来て二年ほど経ったある日のことである。出倉の隣にあった空き家に小学校教師の夫婦が引っ越して来た。

夏になると、暑いので工場の窓が開かれる。すると、隣の二階からハーモニカの音が聞こえてくる。見ると、二階で夫の方がハーモニカをくわえながら何かを書いている様子だ。当時はハーモニカの黄金時代といわれ、前橋出身の宮田東峰がミヤタバンドの結成や教則本の出版で大活躍し、手頃な楽器として広く普及していた。

「何をしているんやろ」

と細川は思ったが、さっぱりわからない。

出倉の番頭は時々、店の近くの家に帰ることがあった。その夜だけは代わりに丁稚が泊まることになっており、細川もしばしばここで泊まった。

出倉では、土間に大きな桶を置いて、大豆を蒸らしたあとの残り湯を入れて風呂にする。細川が泊まっていると、

「雄《ゆう》どん、風呂できたか」

と言って、ハーモニカを吹いていた隣家の男がやって来る。

丁稚は他店や客から「丁稚どん」とか「〇〇どん」と呼ばれることがあり、細川は「雄どん」と呼ばれていた。

この男、名前を定方《さだかた》雄吉という。彼も丁稚であったならさしずめ「雄どん」である。すでに細川とは親しい。長身で、上州男子らしくさっぱりしていて、大の風呂好きときている。

細川も、この男と妙に気が合って、かねてからの疑問を聞いてみた。

「先生、ハーモニカ吹いて、何してはるの」

定方は太田中学を卒業し、音楽教師をしていた。当時は藪塚本町の高等小学校に勤務するかたわらキングレコード専属の作曲家として、童謡や民謡の作曲をしていた。定方の作品に結城よしを作詞の「朝風そよそよ」や「ブランコ」がある。「藪塚小唄」も彼の作曲だ。

「一度、部屋に遊びにおいで」

言われるままに細川が部屋に行くと、机の上にたくさんの冊子が置いてあった。

「これ、何ですか?」

「作曲を希望する人たちから送られてきた同人誌だ」

「へぇー、先生はそこに載っている詩にハーモニカで曲を付けてはったんやね」

定方は、童謡の同人誌を手にとってペラペラとめくると、

「これだ、これ」

目を輝かせながらハーモニカを吹いた。

細川は、何か新しい世界に触れたような気がして、背中がぞくぞく震えた。音と言葉が調和してできる「歌」という、何の理屈もなしに感動を誘う世界がそこにはあった。

その同人誌のなかに、ガリ版刷りの『童謡と唱歌』があった。戦後、「みかんの花咲く丘」などのヒット童謡を次々とつくった加藤省吾が主宰する同人誌だった。定方と加藤は親交があり、加藤の作詞した「上州太田音頭」や「木曽路しぐれ」に定方が曲を付け、キングレコードから発表している。

加藤は細川と同い年で、静岡県富士郡で生まれた。彼もまた小学校六年のとき、子守奉公に出た経験を持つ。

俳句や短歌づくりから叙情詩への興味を持ちはじめた一七歳の頃に、古賀政男の「丘を越えて」を聞いて深く感動した加藤は、作詞家を夢見て東京に出て来た。が、なかなか芽が出ず、職を転々としていた。もとは歌謡曲の作詞家をめざしたが、「丘を越えて」の作詞者・島田芳文に「童謡を書いてみないか」と勧められ、この道に入ったのだ。

かなかな蝉が　ないている
山の向うの　姉ちゃんを
思い出せって　言うのかな

夕焼小焼けの　水車小舎
子守しながら　姉ちゃんも
思っているかな　僕のこと

（加藤省吾「かなかな蝉」一節と二節）

この当時、加藤は埼玉県深谷で謄写版の仕事をする両親を手伝っていた頃で、役所や学校に謄写版を売り込むために群馬県の大間々《おおまま》町（現・みどり市）に来ていた。

昭和一二年（一九三七）のことである。営業の途中、突然詩想が湧いてきた。細川の働いている藪塚本町の道端に自転車を止めて想を練った。詩ができあがると謄写版の外交を切り上げて、清書した作品を作曲家・山口保治に送った。翌年、ビクターレコードが発売し大ヒットした「かわいい魚屋さん」の誕生である。

定方から『童謡と唱歌』を借りた細川は、読みすすむうちに無性に詩が書きたくなった。

（童謡なら自分にも書けるかな）

ふるさとを離れて暮らす寂しさや、日々感じていた物足りなさが、そうさせたのかも知れない。細川は、さっそく東京市渋谷区にある童謡倶楽部（加藤の自宅）に手紙を出して、同人の仲間入りをした。

妹の死

丁稚は三年間の勤めを無事終えると、「初登り」といって、初めて帰郷が許される。勤務態度が良くない丁稚は、この機会に解雇されることもあった。

初登りのときは、上級の者と一緒に伊勢参りをしてから帰郷するのが習わしで、その後二年経つと中登り、それ以降は毎年帰郷が許される。

細川の初登りは昭和七年（一九三二）で、一カ月余りの間、実家で親子水いらずの時間を過ごした。妹たちも久しぶりの兄の帰郷を大はしゃぎで迎えてくれた。なつかしい友達にも会えた。ほっと息をつける休暇であった。

近江商人ゆかりのお菓子に「丁稚羊羹《ようかん》」がある。小豆の漉《こ》し餡《あん》と砂糖、小麦粉を練って蒸籠《せいろ》で蒸したものだ。竹の皮に包まれ、味わいのある素朴な蒸し羊羹だが、近江商人の本宅や、子どもを丁稚奉公に出した農家で作られていたようである。

丁稚羊羹の由来には諸説あるが、奉公に出た子どもたちが実家へ里帰りした際の土産だとか、その休み明けに故郷の土産として奉公先に持たせたともいわれる。

休暇はまたたく間に終わり、細川はふたたび群馬に戻った。すると、ふるさとの山や川、原っぱなどが想い出され、いやまして郷愁の念が湧いてくるのだった。

そんな寂々とした気持ちを、細川は童謡詩を書くことで忘れようとした。同人になった『童謡と唱歌』が送られてくるのが待ち遠しくて、届いた同人誌を読めば読むほど創作意欲が刺激されていく。

細川は、先達の優れた作品を何回も何回も繰り返し読んだ。北原白秋、野口雨情、西条八十など、今をときめく詩人の作品を読みふけった。すると、それに触発されて、自然の美しさや、ちょっとした人間の行為などに感動した時に、自然に言葉が浮かんでくる。彼は、その感性を大切にした。

ちょうどこの頃、大いなる夢を胸に、二三歳の青年が長野県埴科《はにしな》郡松代《まつしろ》町松代（現・長野市）から上京している。青年の名を海沼實《みのる》という。

松代は「カチューシャの唄」を歌った松井須磨子の出身地である。海沼が尊敬してやまない作曲家・草川信も両親が松代の出で、父方の本家が海沼の家の近くにあった。

彼は和菓子屋「藤屋」の長男であったが、音楽の道をひたすら夢見ていた。毎夜、家の裏手にある沼のほとりに行ってはヴァイオリンの練習に励んだ。近所でも有名な道楽息子である。親の心配をよそに、やがて彼は地元の楽団「白鳥音楽集団」に入り、活動写真館で無声映画の伴奏もするようになる。そして、ついに上京を決意した。

時あたかも黒雲が湧きあがり、張りつめた空気が強烈な寒気団さながらに迫ろうとしていた。満州事変をきっかけに、陸軍が主導的な立場を掌握しつつあった。昭和七年（一九三二）に満州国建国、そして五・一五事件。翌八年には国際連盟を脱退し、日本は国際的孤立の道を歩み始めた。昭和九年（一九三四）に、二〇歳の細川は徴兵検査を受けている。

「大きくなったら、陸軍の大将になるぞっ！」

「オレは肉弾三勇士みたいに敵めがけて飛び込んでいくんだ」

ちょうど漫画「のらくろ二等卒」が子どもたちの人気を集め、男の子は戦争ごっこに夢中になっていた。

この翌年、思いもかけない出来事が起きた。細川の上の妹・千代が亡くなったのである。彼女は大正一三年（一九二四）にできた高等女学校（現・日野高校）に通っていた。

「千代！　千代！」

奉公先から大急ぎで駆けつけた細川には、静かに横たわっている六歳下の妹の、その小さな体が哀れでならなかった。まだまだこれからの若い命が、なぜ。

あの可愛い笑顔、薄暗い電灯の下で子守りをした冬の夜、輪回しごっこをして一緒に遊んだこと、群馬へ行く自分を見送りに来てくれた時の涙……。いろんなことが頭をかけ巡ってゆく。

あかい　つばきに　あかい風
しろい　つばきに　しろい風
ほろほろ　ゆらせて　子守唄
この子も　かわいい　花になる
（「つばきの子守唄」三節・葉もれ陽一〇一号）

遠くに綿向山が見える。あいかわらず長閑《のどか》な町のたたずまいではあったが、細川の家だけが違う空気のなかにあった。まるで凍りついて時間が止まったかのようだ。その動かない時間のなかで、読経の声だけが煙るように起ち上がってくる。

これは夢なのではないか、と細川は思った。いや、夢であってほしいと思わずにはいられなかった。

彼の横には、娘をなくして茫然とする母の姿、姉をなくした妹キヨの嗚咽。葬儀の場で、この現実の残酷さを身にしみて感じた。人生はなんとはかないものなのか……。

群馬へ帰った彼は、ますます詩作に励んだ。書くことで、この悲しみを忘れたい、自分を慰めたい、そんな心境であった。

手ほどき

定方雄吉からは酒も教わった。

「酒の飲めないヤツに人間の味など出せるものか。そんな者にろくな詩は書けないぞ」

というのが定方の口ぐせだった。飲むたびに、二人の「雄どん」はますます親交を深めていった。

大原地区には、南北二キロメートルにもわたる名物の桜並木がある。ちょうど岡崎商店の工場付近からあかがね街道沿いに北へ続いており、春爛漫の頃には大勢の花見客が繰り出した。仮装行列や飲食店も出て、たいへんな賑わいである。細川も定方と一緒にここへ来て、桜の下で酒を酌み交わした。

「雄どん、現実から顔を背けてはいかんぞ」

「は？」

「そりゃあ、つらいことも色々あるだろう。しかしなぁ、現実と向き合わずして創ったような詩は、しょせん絵空事みたいなものになっちまうからな」

「絵空事……」

「そうだよ、狸寝入りして書いたような詩は人の心に伝わりっこない。いくらそれが形の上でうまく出来上がっていたとしても、歌というものはネ、現実の暮らしのなかから湧き出て来なきゃ本物とは言えないさ」

たくさんの人出でにぎわう藪塚本町大原の桜並木

彼は、後に細川が作詞した「ねぼすけねずみ」や「思ひ出の戦線」に曲をつけて、レコードにしている。「ねぼすけねずみ」は昭和一四年（一九三九）一〇月にキングレコードから劔持恵子によって吹き込まれ、細川にとって初のレコードとなった。

それだけではない。この年、細川は定方の紹介で生涯の「恩師」と出会っている。

藪塚本町から一五キロメートル余り西に行くと、佐波郡三郷村《みさと》（現・伊勢崎市）がある。北に赤城山を望む七七〇戸ほどの静かな農村で、ここに横堀夫妻が住んでいた。

夫は眞太郎といい、定方より三歳上で彼と同じように小学校の教師をしていた。教鞭をとるかたわら現代詩にも取り組む、開けっ広げで大らかな人物である。

また、同人誌『童謡詩人』（昭和一四年一一月創刊）を主宰し、赤城ゆたかというペンネームで作曲も手がけ、生涯に作詞・作曲あわせて一五〇〇以上の作品を残した。代表作に「花の幌馬車」（作曲）、「鈴つけお馬」（作詞）がある。

彼には恒子という妻があった。〝かかあ天下とからっ風〟が上州名物といわれるが、地元の人に聞くと〝かかあ天下〟とは亭主を尻に敷く強い女ではなく、働き者で家庭をしっかり守る心優しい女性のことをいうそうである。恒子はまさにそういう女性だった。眞太郎とは詩友仲間との交流が縁で、昭和四年（一九二九）に結婚している。

横堀恒子は細川より五歳年上。埼玉県児玉郡に生まれ、子どもの頃に渋沢栄一の生家で養育された経験を持つ。桐生高等女学校に在学当時から村の文学少女と呼ばれ、長じては「かもめの水兵さん」や「りんごのひとりごと」で知られる東京の武内俊子と並び称され、〝女流詩人の双璧〟といわれた。

昭和初期、西条八十と中山晋平のコンビによる「東京音頭」（「丸の内音頭」）の流行もあって、新民謡ブームが巻き起こっていた。この新民謡というジャンルも童謡と同じく、西洋一辺倒の文化流入に対するアンチテーゼであった。

なかでも雨情・晋平コンビの「三朝《みささ》小唄」は地方の鄙《ひな》びた温泉を一大温泉郷に変貌させるほどの大ヒットとなった。ほかにも北原白秋・町田嘉章の「ちゃっきり節」、雨情と藤井清水《きよみ》による「磯原節」などが土着化した民謡として現代まで生き続けている。

横堀恒子は、二三歳のときに全国代表民謡募集に出した「機場《はたば》むすめ」が第一位を獲った。西条八十の補作詞により昭和九年（一九三四）にレコード発売（歌・四家文子）され、これを機に恒子は創作活動に専心する。昭和一〇年（一九三五）、「恋は捨てても」（歌・大宮小夜子）、「一里二里なら」（同・市丸）が立て続けにヒットした。

新民謡だけでなく、夫・眞太郎の作曲による童謡「花の幌馬車」の作詞をはじめ、「あわて兎」など、生涯に二八曲のレコード作品を残している。また、童謡集『木馬の夢』や句集『葦の芽』を発表したほか、戦後は三郷村の女性村会議員第一号として活躍するほどの才媛であった。

昭和二九年（一九五四）に発刊した童謡集『木馬の夢』のあとがきのなかで、「童謡は私の郷愁であり、夢であり、そしてたよりなき心のよりどころでもあります」と恒子は書いている。

ちらちらお花の　散る下で
うとうと木馬の　みた夢は
カッポ　カッポ
山越え　野を越えて
生まれた町まで　かえる夢

（横堀恒子「木馬の夢」一節）

当時、恒子は『童謡詩人』の編集長をしていたが、細川が『童謡と唱歌』に投稿した詩を見て、きらりと光るものを感じ取った。

「あなたには素質がある」

それ以来、細川は詩ができあがると、奉公の休みの日に持参し、恒子に添削してもらう日々が続いた。

恒子の家は伊勢崎駅の北三キロメートル、三郷小学校や公民館の近くで、華蔵寺公園遊園地の西側にあたる。電車で行くなら東武桐生線の藪塚駅から太田で伊勢崎線に乗り換えるのだが、おそらく細川は自転車で通ったのだろう。

丁稚も五年くらい経つと、月に何度かは外交の仕事にも出た。桐生、前橋、高崎などのお得意先を回って注文を取るのである。細川も上蓮（伊勢崎）などを受け持ち、外交の仕事で自転車を使っている。

恒子の家は、木立に囲まれた閑静な場所にあった。和風造りの母屋《おもや》の右手には、当時としては珍しいロッヂ風の洒落た建物が、大きな窓をアクセントにして微笑ましく建っている。子どものなかった横堀夫妻は、ここで愛犬ペスとともに暮らしていた。

一方、母屋の左手には、茶室造風の書斎が離れとして置かれており、ここが『童謡詩人』の発信拠点であった。

恒子は和服姿がよく似合う。彼女が書斎に入ってくるだけで、周囲がパアッと輝くかに見えた。物静かな中に、知性と気品を感じさせる中肉中背の美しい人である。若く有望な作家がここに集まり、童謡を論じ、詩評を戦わせた。
枝折戸《しおりど》をくぐると、広い中庭がある。

恩師・横堀恒子の童謡集『木馬の夢』と童謡誌『童謡詩人』

時にはここで談笑し、声高らかに歌ったりした。窮屈な丁稚部屋にはない自由が、そこにはあった。

『童謡詩人』の同人となった細川は、さらに真剣な態度で童謡詩に取り組むようになっていた。毎週、数一〇編の原稿を持参し、時間がない時には手紙で送り、恒子から手取り足取りで作詞の手ほどきを受けた。

「何が言いたいかをはっきりつかみなさい」

「そして、それを分かりやすい言葉で表現しなさい」

細川の詩作態度は、この時教わったことが基本となって、その後の詩作人生に貫かれていると言っていい。キングレコード会社の専属作詞家でもあった恒子は、こうも言った。

「詩には作曲される詩と作曲されない詩があるのよ。レコードにするには、作曲家がインスピレーションをそそられる詩を書きなさい。そのためには独り善がりの詩ではなくて、リズムも大衆性もある詩にすることね」

自分の作品が同人誌に掲載されるのは、この上なく嬉しいものである。童謡は自分という存在に意味を与えてくれたのだ。同人たちとともに、自分も童謡を介して「時代」に関わっているという実感が彼の心を震わせた。

物足りないこの日常から「大きくジャンプしたい」と細川は想った。

それは青春の若い情熱にあふれた夢となって大空を駆けのぼり、それを追いかけようとする純粋無垢な翼の羽ばたきであった。

第三章　ふるさとの想いはるかに

レコード童謡

日本で初めてラジオ放送が始まったのは大正一四年(一九二五)のことである。当時の聴取者数は五〇〇〇人ほどだったが、それでもラジオはレコードとともに徐々に主要なメディアへと成長を遂げていった。

昭和に入ると、それまでのラッパ方式の吹き込みから電気方式の録音に変わり、音質・音量が格段に良くなった。

あの「カチューシャの唄」を作曲した中山晋平は、童謡の分野でも中心的な人物として活躍していた。昭和三年(一九二八)に、本居三姉妹(コロムビア)の人気を引き継いだ平井英子(ビクター)によって、「證城寺の狸囃子」などの晋平作品が初演されている。

晋平の娘・梶子も童謡歌手であった。晋平は作曲のみならず、歌手の発掘にも大きな役割を果たしている。「戦前日本一」といわれた平山美代子も晋平が見出した歌手で、およそ一〇年間に五〇〇曲余りの童謡や唱歌を録音した。

晋平とともに「レコード童謡」という新時代の幕開けをリードした作曲家として、忘れてはならないのが河村光陽だ。なかでも、黄金コンビといわれた武内俊子との作品は有名で、「かもめの水兵さん」や「りんごのひとりごと」「赤い帽子白い帽子」などが大ヒットし、戦前の一時代を築いたといっても過言ではない。また、彼はＪＯＡＫ(現・ＮＨＫ東京放送局)ラジオで作編曲・

指揮を担当し、子鳩会合唱団を主宰するなど、のちに海沼實が辿る道の先駆者でもあった。

ちょうど細川が童謡と出会った当時は、スター歌手がキラ星のように続々とデビューした時期だ。昭和五年（一九三〇）の永岡志津子に続き、同七年には前述の中山梶子と平山美代子、「うれしいひなまつり」「かもめの水兵さん」をヒットさせた河村順子、「ラジオ体操の歌」などを歌った大川澄子や、唱歌を得意とした中島けい子など、デビューラッシュとなった。

また、昭和一二年（一九三七）にはラジオの受信契約者が三〇〇万人を突破し、それに呼応するかのようにレコード業界も活気づいた。

鈴を転がすような声で歌う童謡歌手は、今で言う「国民的アイドル」であった。次々に発表される新曲は全国に広がり、子どもたちだけでなく大人にも愛唱された。

細川が童謡詩人を志した時期は、まさにレコード童謡全盛期の幕開けと言ってよく、彼にとって幸運な時期であった。


その頃、海沼實はまだ無名のままだった。文京区の音羽にある護国寺で子供会を相手に合唱指導をしながら、作曲家を志していた。

彼のふるさと松代も日野町同様、お寺が多い。仲間とともにお寺の子供会で歌を教えたことのある海沼は、東京でもお寺の子供会を拠点として活動していた。のちの「音羽ゆりかご会」である。会の名称は、彼が師と仰ぐ草川信の童謡「揺籠《ゆりかご》のうた」から名づけられている。

地下鉄有楽町線の護国寺駅で下車すると、仁王門前に出る。不忍《しのばず》通り沿いに少し歩いて惣門をくぐると、ゆりかご会の練習場所の音羽幼稚園がある。

海沼には抜群の指導力があった。音羽ゆりかご会のメンバーはめきめき上達し、有望な人材も次々に入ってきた。ゆりかご会の活動が軌道に乗ると、彼は本格的に作曲の勉強も始めている。

杉並にあった草川信の家に、毎日のように出入りして作曲を学んだ。

草川も彼を可愛がった。幼少の頃に住んだ松代西条の小学校での演奏会に、海沼を招いたこともある。そこで一緒にヴァイオリン二重奏を演奏している。草川に憧れ、自らヴァイオリンを携えて単身上京し苦学した海沼にとって、彼と同じステージに立って演奏する喜び、それはこの上ない至福のひとときであったに違いない。

（いつか草川先生のように、みんなに愛唱される童謡をつくりたい）

彼の胸のうちは、押さえ切れない情熱の炎に燃えていた。

大正期の童謡雑誌『赤い鳥』や『金の船』などが相次いで廃刊した後、童謡運動を支えたのは全国各地の同人誌である。

群馬では、昭和六年（一九三一）に創刊された『桑の実』（群馬童謡詩人会）が童謡運動の草分けだ。その推進役を担った青柳花明は、天台宗東寿寺（勢多郡粕川村＝現・前橋市）の住職である。子供会活動に力を入れ、地元の人からは「良寛さん」と呼ばれるほど親しまれた。

彼は、たくさんの童謡を子どもに教えた。野口雨情を寺に招いて講演してもらったこともある。また、自らも詩作に励み、『赤い鳥』や『おとぎの世界』ほか多数の児童雑誌に熱心に投稿している。

花明は、「童謡は文字の歌謡ではない」「唄ふことに依ってこそ童謡の生命は輝く」という持論を持っていた。「童謡は声である。心の声である」とも言っており、自身も平易でリズミカルな詩を書いた。

『桑の実』からは若い詩人たちが育っている。県内初の童謡レコードを出した橋本暮村や品川蝶志智などを花明は熱心に指導した。横堀恒子もそのひとりであった。

恒子の創作態度は、花明の持論である「唄ふべく唄はすべき」という姿勢を受け継いだものであろう。

うさぎはお耳が　長いから
春の来る音　きこえましょ
お山の雪が　とける音
海をそよ風　わたる音

（横堀恒子「春の来る音」一節）

さて、横堀夫妻の『童謡詩人』には有望な同人がたくさん集まった。地方とは言え、北関東における横堀の同人誌は、東京の文化と直結する人材発掘装置として機能していたと言っていい。海沼實や山口保治、佐々木すぐるなどの作曲家もこれに注目し、毎号のようにレコード新譜発売の記事が誌上を賑わせた。

「里の秋」の作詞で知られる斎藤信夫が「いまや群馬の童謡詩人ではなく日本の童謡詩人」と称賛したように、まさに当時の童謡界の牽引車であった。

この『童謡詩人』を通じて、細川はある男と知り合っている。京都市在住の関沢新一。後に無二の親友となる男である。

関沢は細川より六歳下で、京都北野の出身。桂千穂の『にっぽん脚本家クロニクル』(ワールドマガジン社、一九九六年)によると、父親は京都南座の役者だった。子どもの頃から松竹の下加茂撮影所が遊び場で、小学校六年生の時に映画のシナリオを書いたこともあった。絵も上手で、挿絵画家か新聞記者になりたかったようだ。

高等小学校(現・洛東中学)を卒業した彼は、計器会社事務員や電灯会社員など職を転々とした。たまたま京都日日新聞に投稿した漫画が採用され、四コマ漫画を同紙に連載するようになり、漫画家への夢をふくらませていった。

昭和一四年(一九三九)には、日本映画科学研究所に入っている。この研究所は「日本のアニメーションの父」と呼ばれる政岡憲三が関わっていた松竹系の短編映画製作会社で、若き日の手

詩作を始めた頃の細川

塚治虫も出入りしていた。どうもこの男、映画から離れられない運命にあるらしい。

ちょうどこの時期、関沢は横堀夫妻の『童謡詩人』に参加し、京都でトーキー漫画や文化映画の製作に携わるかたわら、作詞の勉強もしていたのだった。

年に一度の休暇をもらって日野に帰ると、細川は関沢の実家をしばしばたずねた。五条京阪の駅を降り、五条通を東に入った小路に彼の家はあった。東山郵便局の裏手のあたり、北棟梁町である。東に少し足をのばすと清水寺がある。

二人は、近くのコーヒー店やうどん屋で、他の詩人の作品を批評し合ったりした。若い情熱はやむことがない。帰りそびれた関沢の部屋で、煎餅布団にくるまりながら尽きない夢を語り合うこともあった。

「あのフレーズはいいいな」

「こういう歌を作りたいんや」

天井の板目の模様を見つめながら、それぞれの胸には、それぞれの熱い想いがあった。

関沢は、細川とは物の見方や視点がまったく違う。それが細川には面白くもあり、勉強にもなった。小さい頃から映画や演劇を舞台の袖で見ていた関沢は、視覚的なイマジネーションを持っている。

群馬に戻っても文通しながら、親交は続いた。

ふとんの中

童謡詩への想いは日に日にふくらんでいった。しかし、細川は丁稚奉公の身である。いくら書きたくても昼間は書けない。

丁稚の生活にはプライバシーがない。休日はまだいいとしても、雑魚寝する大部屋の夜には自由がない。そこで彼は、みんなのいびきや歯ぎしりが聞こえるのを待って、天井からぶら下がった電灯のコードを自分の寝床まで降ろした。

今でこそ照明器具は天井に、コンセントは壁にあるのが当り前だが、当時の電源は天井から吊られた長い電灯線だけであった。

隣の丁稚の邪魔にならないように裸電球を座布団で囲み、光がもれないようにして、ふとんの中にもぐりこむ。忙しく立ち働いた一日の疲れも忘れ、一冊のノートに向かい詩想を練った。

晦日の闇のようなふとんの中に電球のまばゆい光の粒子があふれて、そこは自分だけの許された自由空間へと変わる。実はこうしたやり方は、この時が初めてではない。以前から細川は、ふとんの中に光を採りこんで本を読むことがあった。

目を閉じると、まるで葉っぱの間から洩れる眩い陽射しのようにキラキラとした光が瞼をくすぐった。その光に透かされて、ふと一枚の絵が浮かんだ。それは小学校の時に図画の先生に褒められた絵だった。雨上がりの初夏に広がる田園風景、それを見守るかのような綿向山。細川は、ふるさとを懐かしく想い起こした。

やさしい母の顔、わんぱく小僧の友達。家の門前にあるなつめの木。そういえば、なつめの木の下にむしろを敷いて女の子が遊んでいたっけ。

（そうや、先生が絵の中にもうひとつ詩が見えると言うてたな）

それらの光景が、細川の郷愁のゆりかごを揺り動かした。彼は無心で鉛筆を走らせた。まさに、ふとんの中はミューズの胎内さながら溢れんばかりに湧きあがる創造の母体であった。

こうしてできたのが「泣く子はたァれ」である。昭和一四年（一九三九）、『童謡と唱歌』第五巻第二号（二月二〇日発行）に掲載された。

泣く子はたァれ

泣く子はだーれ　誰でしょね

なんなん　なつめの花の下
お人形さんと　あそんでる
可愛い丶ミーチャンぢゃないでしょか

泣く子はだーれ　誰でしょね
こんこん　小やぶの細い道
竹馬ごっこで　あそんでる
となりのユーチャンぢゃないでしょか

泣く子はだーれ　誰でしょね
とんとん峠の　小鳩かと
お窓をあーけて　のぞいたら
お空にねむそな　晝《ひる》の月

泣く子はだーれ　誰でしょね
とろとろ日暮れの　窓の下
おながすいたと　ないてゐる

いつも来る猫　黒い猫

書きためた詩は、大部屋の壁際に並べられた私物を入れる戸棚にしまい、何度も推敲してから同人誌に送った。

『童謡と唱歌』を主宰する加藤省吾は、昭和一二年（一九三七）頃に海沼と知り合っている。お互い無名同士で、作品を売り込むためレコード会社へ日参していたある日、キングレコードの文芸部で彼らは出会った。これが縁で、加藤は「音羽ゆりかご会」の発表会に招待される間柄になっていた。

控え目で温厚な海沼とは正反対で、加藤は屈託がなく熱血漢タイプの人だった。川田正子著『童謡は心のふるさと』（東京新聞出版局、二〇〇一年）によれば、海沼に心配事があっても、「先生、そんなの大丈夫ですよ、大丈夫」で済んでしまう。そんな豪快かつ楽天的な加藤は、海沼にとって頼もしい相棒であった。

彼は『童謡と唱歌』を発行すると、その都度、海沼にも送っていた。

こうして、加藤の同人誌に載った細川の「泣く子はたァれ」が、作曲する詩を探していた海沼の目にとまったのである。同じく故郷を離れ、上京してきた海沼の持つ郷愁のアンテナが、細川の詩から出る波長をキャッチしたのだろう。数ある同人誌の中の無数の作品から細川の詩が選ばれた。

まさに師の横堀恒子が
「作曲家がインスピレーションをそそられる詩を書きなさい。そのためには独り善がりの詩ではなく、リズムも大衆性もある詩にしなさい」

と、指導したとおりの出来映えであった。

〝なんなんなつめ〟や〝どんとん峠〟などのフレーズはリズム感があり、メロディにもうまく乗って、ふるさとの光景が目の前に浮かぶようである。

戦争と童謡

この歌は「泣く子はたァれ」というタイトルでJOAKラジオから全国放送されている。放送日は昭和一五年(一九四〇)二月一七日、土曜日。午前九時四五分からの一五分番組である。NHK放送博物館所蔵の『番組確定表』によると、放送内容は次のとおり。

	(作詞)	(作曲)
斉唱		
(イ)ひよこの兵隊	川路　柳虹	草川　信
(ロ)あの子とこの子	斎藤　信夫	海沼　實

独唱　泣く子はたァれ　細川　雄太郎　海沼　實
斉唱
（イ）お山のお猿　鹿島　鳴秋　弘田　龍太郎
（ロ）スタコラサッサ　山上　武夫　海沼　實
独唱　鶯さん　富原　薫　草川　信
斉唱
（イ）早起き雀　中川　啓児　海沼　實
（ロ）兵隊さんの汽車　富原　薫　草川　信

歌い手に関しては「音羽幼稚園児」とのみ記載されており、海沼がピアノ伴奏を担当している。しかし、この歌が初めて世に出たのは、実はその前年のことである。東京に先がけてＪＯＮＫ（現・ＮＨＫ長野放送局）で放送されたことが、群馬県立土屋文明記念文学館の調査で明らかになっている。

そして、この歌は秋田喜美子によってキングレコードに吹き込まれることになった。

秋田は当時一〇歳、音羽ゆりかご会のスター歌手であった。護国寺前にあった菓子問屋の娘で、吹き込みの日（昭和一五年八月一四日）は、母親にコテをかけてもらったおかっぱのヘアスタイルで一所懸命に歌った。発売は翌一六年三月新譜。レコードジャケットは、『コドモノクニ』などの挿絵で腕をふるっていた黒崎義介が担当している。

「泣く子はたァれ」は、この時、タイトルが「あの子はたあれ」（実際には「アノ子ハ　タアレ」、タイトルも歌詞もカナ漢字まじり表記）に変えられている。

当時、キングレコードのディレクターであり作詞家でもあった柳井堯夫が「戦時下に『泣く子』は如何なものか。『あの子』にしてみては？」と申し出て、海沼と相談のうえタイトルが改められた。「承諾してくれ」という葉書を細川は受け取っている。

折しも前年、日独伊三国同盟を結んだ日本は、日中戦争の泥沼化を避けられず、日本を取り巻く国際情勢も一段と厳しさを増していた。

時局は「泣く子」より「泣かない子」「強い子」を求めていたのである。同時に三節四節の歌詞も直され、このときミーチャンは「みよちゃん」に、ユーチャンは「けんちゃん」に変えられている。

さらに『童謡　心に残るその時代』（海沼実・著＝海沼實の孫）には、「たあれ」を「だあれ」に直すことだけは海沼の反対で諦めた、と紹介されており、秋田喜美子も〝たあれ〟と歌っている。たァれ、すなわち「誰」は濁らずに「たれ」と発音する。黄昏《たそがれ》は、人の見分けがつきにくい時分の意味で、語源は「誰《た》そ彼は」（大辞泉）だが、「だれ」と濁るようになったのは江戸時代以降のことらしい。しかし、濁音を嫌うこだわりから「たれ」を用いる詩人は多く、野口雨情の「雨降りお月さん」にも〝お嫁にゆくときゃ誰《たれ》とゆく〟という一節が見える。

ところが、『童謡と唱歌』に掲載された細川の詩をよく見ると、タイトルは「泣く子はたァれ」だが、歌詞は〝泣く子はだーれ〟と濁っているからややこしい。

レコーディングにあたって、柳井はおそらく原詩の歌詞を尊重して、タイトルも「だあれ」にしようとしたが、濁音に対するこだわりを持っていた海沼の進言で歌詞もタイトルも「たあれ」に統一したのだろう。

こうして改作され、海沼メロディに乗った「あの子はたあれ」は、ふるさとの子どもたちを歌ったほほえましい歌として世に出たが、原詩に登場する子どもはなぜ〝泣いて〟いるのだろう？

なつめの花の下でお人形さんごっこをしているミーチャンも、竹馬ごっこのユーチャンも、泣いている。細川はなぜ「泣く子」をモチーフにしたのか。

彼が自分自身の少年時代を想い出してこの歌をつくったとすれば、大正一〇年（一九二一）から大正末年頃までのことである。

貧しい家の女の子は、知らない遠い町に子守奉公にやらされる。そのような時代であった。ミーチャンも奉公に行くことが決まったのかも知れない。もう、こうしてお人形遊びもできなくなるし、お母さんに甘えることもできなくなる。そう思うと、自然に涙があふれてくる……。

細川はミーチャンに「特定のモデルはない」と言うが、近所の女の子が遊びに来ることはあっ

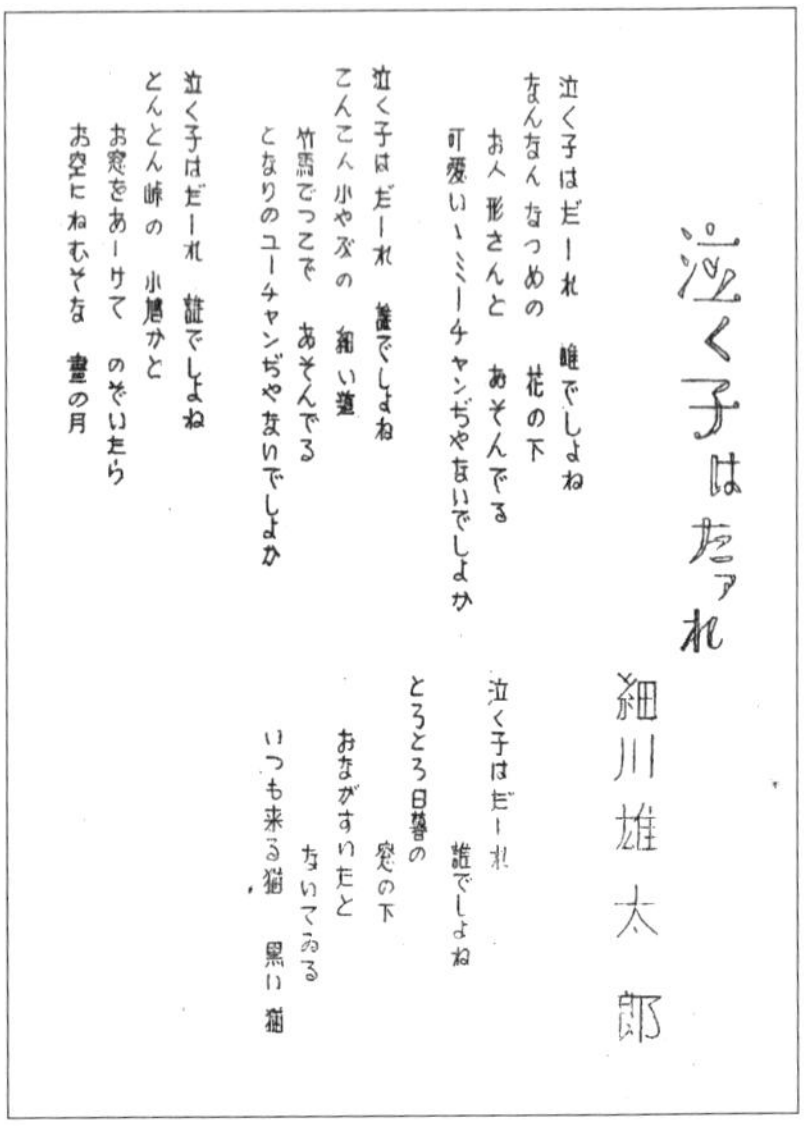
泣く子はたァれ
細川雄太郎

泣く子はだーれ　誰でしよね
なんなん なつめの　花の下
お人形さんと　あそんでる
可愛いゝミーチャンぢやないでしよか

泣く子はだーれ　誰でしよね
こんこん小やぶの　細い道
竹馬でつこで　あそんでる
となりのユーチャンぢやないでしよか

泣く子はだーれ　誰でしよね
とんとん峠の　小鳩かと
お窓をあーけて　のぞいたら
お空にねむそな　晝の月

泣く子はだーれ　誰でしよね
とろとろ日暮の　窓の下
おなかがすいたと　ないてゐる
いつも来る猫　黒い猫

加藤省吾主宰『童謡と唱歌』第五巻第二号（1939年2月）に掲載された『泣く子はたァれ』の歌詞

たろう。あるいは、若くして亡くなった妹の千代の姿をそこに投影させていたのだろうか。

となりのユーチャンは細川自身のことである。彼は九歳のときに父を亡くしている。その悲しさや行く末の不安がまとわりついて、楽しいはずの竹馬ごっこをしていても、つい涙が出てきてしまうこともあっただろう。

細川にとって「ふるさと」は、決して楽しいことばかりではなかった。けれども、それは切なくも懐かしい情景となって、彼のなかに「泣く子」のイメージとして浮かび上がったのではないだろうか。

日本はあたかもブレーキのない暴走列車のように、戦争への道をますます加速させながら突き進んでいた。

細川が投稿していた『童謡詩人』にも、「ヒノマルバンザイ」「大空の花」「僕等の覚悟」など、次第に戦時色の濃い詩が掲載されるようになった。

すでに昭和九年（一九三四）には出版法が改正され、内務省警保局図書課にレコード検閲室が開設されていた。軍国主義の足音が高まるにつれ、軍部は国策の名のもとに出版や映画、放送、レコードなど、あらゆる分野への介入を強化した。

細川にとって記念すべきレコードであった「あの子はたあれ」は、子どもたちに歌われることもなく埋もれていく運命にあった。

しかし、自分の想いを託した歌が世に出たことが細川にはうれしかった。定方や横堀夫妻も手放しで喜んでくれた。

無名の作詞家の作品がある日突然取り上げられ、今をときめく音羽ゆりかご会のスター歌手によって歌われたのだから、細川にとってまさに青天の霹靂である。あれよあれよとトントン拍子で世に出たことが、自分でも困惑するほどの出来事であった。なによりも童謡に出会えたことを彼は心から感謝した。

童謡と向き合う時、自分の心は誰かに使われているのではない、自分で心を使っているのだ、という確信に満ちた喜びがそこにはあったのである。もう、孤独感はなかった。

細川へ支払われたレコードの吹き込み料は一〇円だった。当時、ビールが五七銭で飲め、新聞購読料が月一円二〇銭だった時代である。さっそく高い酒を買って来て、仲間と祝杯をあげた。

軍国歌謡が賞揚され、昭和一二年（一九三七）の「露営の歌」は半年で六〇万枚の大ヒットとなった。この歌は、新聞社の懸賞募集で二等に入選したもので、他にも「肉弾三勇士の歌」「父よあなたは強かった」などの懸賞作品が作られた。

また、子どもにまで軍歌調の勇ましい歌が奨励され、童謡の作詞・作曲者たちも少国民歌づくりに動員された。それでも、戦争という過酷な時代の中で、細々とではあるけれど、童謡の根っこは生き続けていた。

ちんから峠

さて、この時期、細川の作品がもうひとつ世に出ている。『童謡と唱歌』第五巻第三号（昭和一四年四月一〇日発行）に発表した「ちりから峠」（のち「ちんから峠」に改題）で、同年一月に細川が作詞し、「あの子はたあれ」と同じく海沼が作曲した。

〝ちりから〟とは、ふるさとで遊んだ輪回しごっこから得た着想だ。

輪回しというのは、竹の先に付けた針金を使い、鉄の輪や自転車のリム（タイヤとスポークを取り除いた車輪）を走りながら回す遊びである。子どもの頃に遊んだことを思い出した彼の耳に、ふるさとの春ののどかな風景とともに〝ちりから、ちりから〟という音が聞こえてきた。大部屋のふとんの中で、彼はそれをノートに書きつけた。

遠い日、母と御呼ばれに行った光景がふとまぶたに浮かんだ。細川の想いは、もうふるさとの峠に飛んでいる。母に手をつながれて歩いた小道。山々を染める紅葉がとてもきれいだった。

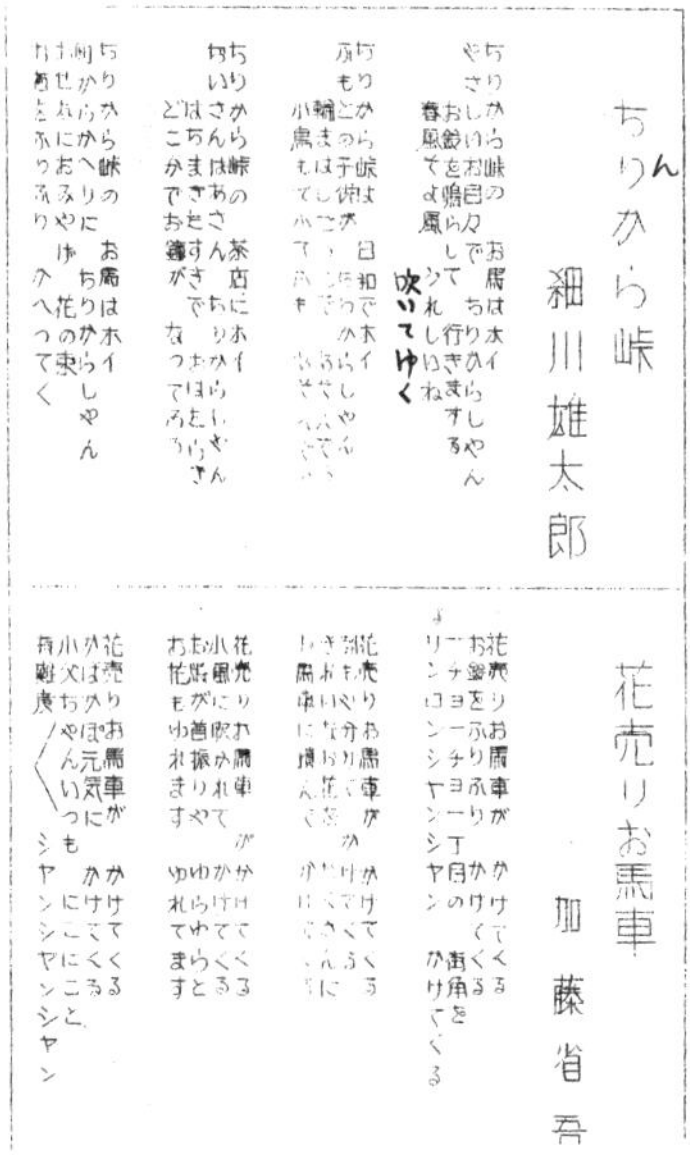

『童謡と唱歌』第五巻第三号（1939年４月）の「ちりから峠」歌詞

日野には峠がいくつもあるが、「ちんから峠」も「ちりから峠」も実在しない。しいて言えば、細川の心のなかにある〃ふるさと色〃の峠である。

また当時、馬は輸送手段としても重宝され、農産物などを載せた大きな台車をひいて町まで運ぶ姿がよく見られた。荷をおろした馬は、鈴を鳴らしながら町からおみやげを積んで峠を帰ってくる、そんなイメージが子どもたちの夢をふくらませたのだろう。童謡詩には、馬をモチーフにした作品がしばしば登場する。

あるいは、この詩の背景には当時の民謡ブームがあるのではないか。

細川の故郷に近い鈴鹿峠にも、伊勢と近江の国境の難所を往来する馬子が唄う「鈴鹿馬子唄」がある。

坂は照る照る　鈴鹿は曇る
間《あい》の土山　雨が降る

馬子唄は全国各地に見られ、群馬にも「赤城馬子唄」「上州馬子唄」がある。それが直接のヒントになったかはわからないが、「ちりから峠」は馬子唄の童謡版とも言えそうである。

ちりから峠

ちりから峠の　お馬はホイ
やさしいお目々で　ちりからしゃん
お鈴を鳴らして行きまする
春風そよ風　うれしいね

ちりから峠は　日和でホイ
ふもとの子供が　ちりからしゃん
輪まはしごっこで　あそんでる
小鳥もてふてふも　あそんでる

ちりから峠の　茶店にホイ

ぢいさんばあさん　ちりからしゃん
はちまきたすきで　おはたらき
どこかでお鐘が　なってゐる

ちりから峠の　お馬はホイ
町からかへりに　ちりからしゃん
おせなにおみやげ　花の束
お首をふりふり　かへってく

海沼は作曲するにあたって、「ちりから」を「ちんから」という鈴の音に直している。作曲した曲の調子から考えて「ちんから」の方がぴったり来たのかも知れない。
そして、各節の冒頭に「ちんからホイ」というリズミカルなフレーズを置いた。このリフレインによって、首を振り振り鈴を鳴らして歩く馬の愛らしいイメージが聞き手にストレートに届いて、大きな効果をあげている。四節まであった歌詞も海沼の手によって三節に改められた。（P157に改作前後の詩を併記した）
海沼の孫にあたる海沼実の著書『最後の童謡作曲家　海沼實の生涯』（ノースランド出版、二〇〇九年）によると、このように歌詞に手を加えながら作曲する手法を「加筆作曲法」という。

中山晋平も「カチューシャの唄」や「證城寺の狸囃」の歌詞を加筆修正している。海沼の作品では「お猿のかごや」（山上武夫）、「里の秋」（斎藤信夫）、それに細川の「あの子はたあれ」も同じ手法である。そして、それは詩心を持つ作曲家だからこそできた作曲手法であると、斎藤信夫は自著『童謡の作り方』（白眉社、一九四八年）で述べている。

「作詩家にとって、詩のわかる作曲家ほど有り難く、また恐ろしいものはありません。私の最も親しくしているK氏などは、正にこの例です。自分では苦心の力作だと思う作品を持って行っても、原作のままでパスすることは極めて稀です。どこか詩的に音楽的に、充分でない表現を指摘されるのです」

K氏とは、もちろん海沼のことである。

ただ、細川が自作の整理に使っていた「創作控え帳」には、この時に省かれた幻の第三節の歌詞に大きく囲み線が書きこまれている。この歌詞は、やはり細川にとって捨て難いものだったのかも知れない。

「ちんから峠」は昭和一七年（一九四二）三月二〇日、テイチクレコードによって戸板茂子の歌で吹き込まれた。

しかし、その頃、細川は日本にいなかった。戦地にいたのである。

第四章　ふるさとへの帰還

召集令状

昭和一五年(一九四〇)の秋に、細川は岡崎商店を数人の丁稚とともに解雇されている。

戦争の影響で、味噌や醤油の原料の大豆が満州から入らなくなったため、召集が予想される年齢の者をやめさせたのだ。夜汽車に揺られて初めて群馬の店に奉公に来てから、早や一〇年が過ぎていた。

「人気男だった細川が日野に帰ることになって寂しい」と、横堀眞太郎は『童謡詩人』に記している。

ちょうど一〇月には、『思ひ出の戦線』(細川詩・定方雄吉曲)がキングから発売され、細川の四枚目のレコードとなった。

しかし、日野の実家に帰っても仕事のあてはなかった。途方に暮れていても仕方がない。綿向山を眺めながら、あれこれと詩想を練った。

夜、ふとんの中にもぐりこむと、虫の鳴く声が聞こえてくる。そんな時、子どもの頃の自分と今の自分がどこかでつながっているような気がした。戦争とは無関係な遠いところに自分がいるように思えるほど、のどかなひと時だった。

しかし、軍靴の足音は刻々と近づいていた。その暗い気配を振り払うように細川は詩を書き続け、関沢新一らと同人誌『南風』を創刊し、活躍中の作曲家に片っ端から送った。

帰郷後も、細川は度々上京している。

昭和一五年一二月には、横堀夫妻と一緒に護国寺に海沼實を訪ねた。仁王門をくぐると、目の前に両脇をツツジの植え込みに囲まれた石段が続く。この五〇段近い石段をのぼると不老門がある。この門前で、細川と海沼は出会った。

長身でがっしりした体格の細川を海沼は見上げた。翌年には「あの子はたあれ」のレコード発売が予定されている。しかし、この有望な青年詩人もやがて招集されて戦地へ行くのは時間の問題であろう。そう思うと、海沼は何ともやりきれない気持ちであった。

「あの子はたあれ」は、翌一六年（一九四一）二月一五日にレコードが発売された。同年四月に細川は横堀宅を訪ね、二泊している。この頃書いた作品「横町の八百屋さん」は長谷基孝が作曲（「八百屋横丁」に改題）し、のちにコロムビアの田中陽子によってレコードに吹き込まれている。

その年の七月、細川は童謡詩の同人だった東京の友人の家にいた。そして、そこで電報を受け取った。召集令状が来たという。二六歳になっていた。

「人生、夢のまた夢。我が人生もこれまでか……」

彼は覚悟を決めた。

昭和一六年（一九四一）七月、細川は陸軍二等兵として第十六師団舞鶴重砲兵大隊に入った。

日中戦争以降、町や村では出征を見送る郷里の人たちが「万歳」を三唱する光景があちらこちらで見られるようになった。今でも映画やドラマにそのシーンが出てくるが、細川は身内だけのひっそりとした出征だった。

と言うのも、彼の所属した隊は秘密招集だったからである。このため、「誰にも奉公袋を見せるな」「服装は着物を着て来い」などと前もって言われてあったのだ。

「くれぐれも体を大切にね」

初めてのお店行きに細川を送り出した時と同じように、母はぽつりと言った。妹のキヨは泣き腫らした目をしてうつむいていた。

万歳のない見送りは、むしろ細川には有難かった。

国鉄京都駅から山陰線で北へ向かい、綾部から舞鶴線に乗り換える。低い山々の間を縫うように抜け、真倉を過ぎると西の玄関口である西舞鶴に着く。ホームに降り立つと、急に潮の香りがした。海のない滋賀と群馬の地で生きてきた細川にとって、それは未知の世界に足を踏み入れようとする危うさを予感させるかのような香りに思えた。

舞鶴湾の周辺にはたくさんの砲台が置かれ、湾全体が要塞であった。

連隊は西舞鶴駅から東へ伊佐津川を越えた上安久《かみあぐ》にある。背後に五老岳を配し、赤レンガの門柱の向こう側には兵舎や武器庫が立ち並ぶ。思わず威圧されそうであった。兵舎横の練兵場では、勇ましい号令と兵士達の声が響いていた。

この門柱は今も日星高校の正門として、その面影をとどめている。

その門を通って、いろいろな格好で人が集まってくる。細川は母の縫ってくれた着物を着て行った。

およそ一カ月間そこに滞在したが、軍服がない。やっと軍服が来ても、靴と鉄兜《かぶと》がない。ようやく装備が完了し、目隠しされたまま軍用列車に乗せられた。着いたところは大阪港で、食料調達などで足止めされた後、秘密の出港となった。船底に詰め込まれて、どこへ行くのか皆目わからない。

この時期、日本軍はソ連との開戦を覚悟しており、約五〇万人を臨時召集という形で秘密裏に召集し、満州に駐屯していた関東軍を大増強している。細川たちの召集も、おそらくこれに呼応したものであろう。

船は何度も止まって、指令待ちが続く。薄暗い船底は油の臭いと暑さでむせ返っていた。長身の細川は膝をかかえて、窮屈な船室で身を屈めていた。

「一体、どこへ連れて行くつもりやろ」

だんだん不安が高まってきた頃、甲板に出てもよいとの許可が下りた。

カーキ色、赤ベタの新兵たちの群れが甲板のあちらこちらで腕を広げ、背伸びをしていた。

細川も久しぶりの新鮮な空気を吸い込み、生き返ったような心地がした。ここは、玄界灘のあたりだろうか。

その時である。甲板にあふれかえる兵隊たちの中に、見覚えのある顔がチラッと見えた。

「関沢くんやないか！」

細川は駆け寄ったが、あとは言葉にならない。

関沢新一も驚きの眼差しをこちらに向けている。細川は彼の両肩に手を置いて、この偶然の出会いが夢ではないかと確かめるように強く揺さぶった。お互いの目から同時に涙があふれ頬をこぼれ落ちた。

まばゆいばかりに青い空と海は、まるで透明の大きな檻のように細川たちを取り囲んでいた。まだ行き先もわからない。ゆくりなくも船上で旧知の友と出会えたことが、沈みこんでいた細川の気持ちを和らげてくれた。

「電気屋の小僧をしていた時にトラックと衝突して足を骨折してね。右足が一センチメートルくらい短いんだ」と関沢は言う。

「それに極度の近視だし、徴兵検査もすれすれで合格したくらいだから、まさか召集令状は来ないだろうと思ってたよ」

「敵もさる者だ。重砲兵っていう、歩かなくてもいい部隊に配属させたってわけだ」と細川。

「ところが、自慢じゃないが、力のないのは近視以上に自信があるのさ」

「アハハ……」

久しぶりに笑ったような気がした。

船は朝鮮海峡をゆっくりと進んでいる。下関から釜山までわずか二五〇キロメートル。思えば、この海峡は古来から様々な人たちが行き交った。天智天皇の時代には対馬海流に乗って百済人が多数渡来し、滋賀の蒲生の地にも鬼室集斯《きしつしゅうし》ら七〇〇人余が移り住んだといわれている。遣隋使や遣唐使も海峡を横断して中国に渡った。朝鮮通信使の往来は一二回に及ぶ。近江商人も海峡を越えて釜山や京城、中国にまで出店している。

海峡は様々な文化交流を果たして来た反面、倭寇や元寇など幾多の悲しい歴史も生んできた。ふるさと日野の人達が今も慕う蒲生氏郷は、秀吉の命を受け朝鮮出兵へと駆り出された。後備えとして、前線基地である佐賀の名護屋城にいた氏郷は病に倒れ、文禄四年（一五九五）に四〇歳の命を終えている。

文禄の役では、一六万の大軍が朝鮮海峡を渡った。続く慶長の役でも一四万が進軍した。巨済島近海も日本の水軍と李舜臣の装甲艦「亀甲船」が戦い、多くの人が海に沈んだ。人間はなぜこうも同じ過ちの歴史を繰り返すのか。

細川はたびたび甲板に出て、関沢と語り合った。船上をわたる風はどこか寒々しく二人の肩を通りすぎていく。細川は自分のふるさとのことを関沢に話した。

「生きて再会しよう。そして、また一緒に歌をつくろう」

と、二人は何度も約束を交わした。

誰かが声を張り上げて軍歌を歌うのが聞こえる。「やっぱり童謡がいい」と、細川は心の中で想った。

戦地にて

船は釜山港に着いた。上陸とともに兵隊の波は各々の赴任地へと散っていった。思いもかけぬ再会を果たした関沢は、列車で南方へと去った。細川は重砲兵の一員として、朝鮮海峡の孤島、日本名で「麦島」と呼ばれる島に移動した。

戦時下の秘密基地であったため確定はできないが、筆者の調べでは「麦島」は巨済島の東方にある小さな島である。麦卵が浮いているように見えるのでこの名がついたが、別名「武器シーマ」とも呼ばれている。

長さ約二キロメートル、幅は約五〇〇メートルと狭く、面積一〇万坪は西表島よりやや大きいくらいの島である。最も高い山の峰でも海抜九七メートル、まるで海にへばりついているように見える低い島の周りは、ツバキで囲まれている。

麦島には一〇〇人ほどの日本兵がおり、島全体が要塞であった。朝鮮海峡のこの付近に、ソ連の潜水艦が出入りしているとの情報も流れていた。

しかし、離島は静かであった。ちょうど台風の目のなかにすっぽりと入ってしまったかのような、無気味な静けさであった。

細川が麦島に入ってまもなく、太平洋戦争勃発のニュースが入ってきた。

「ついに、始まったか」

砲兵は、砲弾を運んだり大砲を磨くのが日課である。食べる物には不自由しない。島のまわりには海が盛り上がるほど魚が集まるので、サバなどは叩くだけで捕れた。

もちろん辛いこともあった。

「規律ガ乱レテイルッ！　気合ヲ入レテヤルッ、天皇陛下ノゴ命令ダァ」

と、毎日のように上官のビンタや拳骨が飛んでくる。

ある者はメガネを割られ、入れ歯を壊されて食事ができないと泣く者もあった。

重砲は口径一五五ミリを越え、かつ重さ八トンを超える大砲で、要塞砲とも呼ばれる。射程距離は、たとえば四五式二四センチ榴弾砲の場合、最大一〇〇〇〇メートルにも及ぶ。移動する時は分解し、台車や時には肩にかついだり引っ張ったりして人力で運ぶ。だから、重砲兵連隊は長身で頑健な者が選ばれた。弾薬や大砲の部品が肩に食い込む。陣地に着けば、壕を掘り、大砲を据え付ける。

訓練は夜間に行われることが多かった。闇にまぎれて陣地に侵入し大砲を据えるのが日本軍の得意とするところだ。

闇の中で壕を掘る。まかり間違えば自分の屍を入れる墓穴になるやも知れない穴を、兵士達は黙々と掘り続けた。

○関澤新一君

○細川雄太郎君
祈　御　健　康
童謡詩人社
同人一同

横堀の主宰する『童謡詩人』第八輯（昭和一六年八月号）に、右の記事が載った。また、次号「編集後記」には横堀眞太郎の次の記述が見られる。

「戦野にありながら締切までにきっちりと送稿された関澤細川兩君の御精進には只々頭の下る思ひがする。同人諸兄の激勵慰問文を、是非共兩君に御送り願ひたい」

島へは釜山から食料を運ぶ船がやって来る。休日になると、同僚の兵隊たちは、この小さな船に乗って釜山へ遊びに出かけた。しかし、細川は島に残り、ススキの原っぱにひとり寝ころがった。

眼前に青い空が広がっている。

細川一人だけの空である。彼はそこで昼寝をしたり、母に手紙を書いたりした。

思えば、一五歳の時に群馬へ奉公に出てから一〇年、ふるさとのことをずっと懐かしんできた。

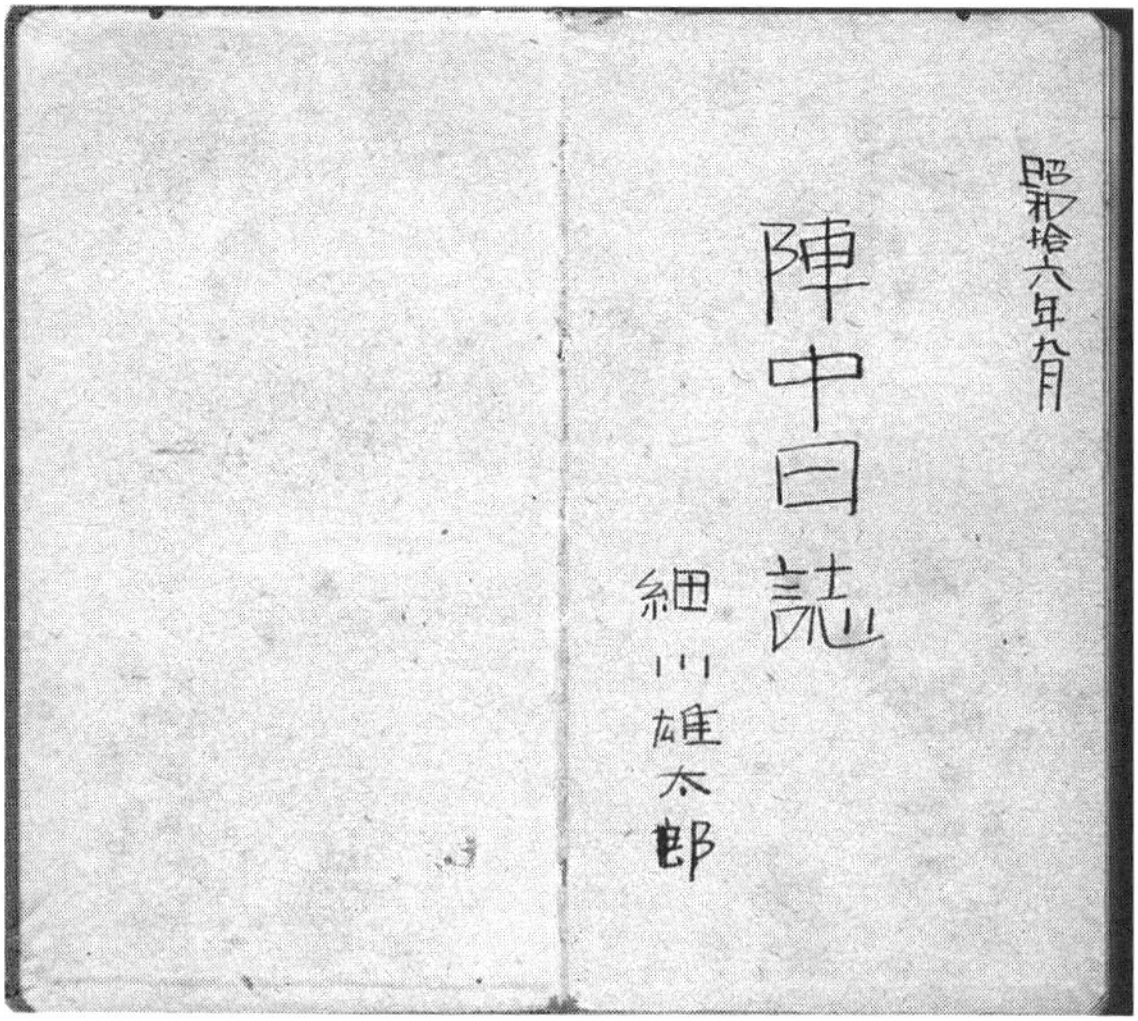

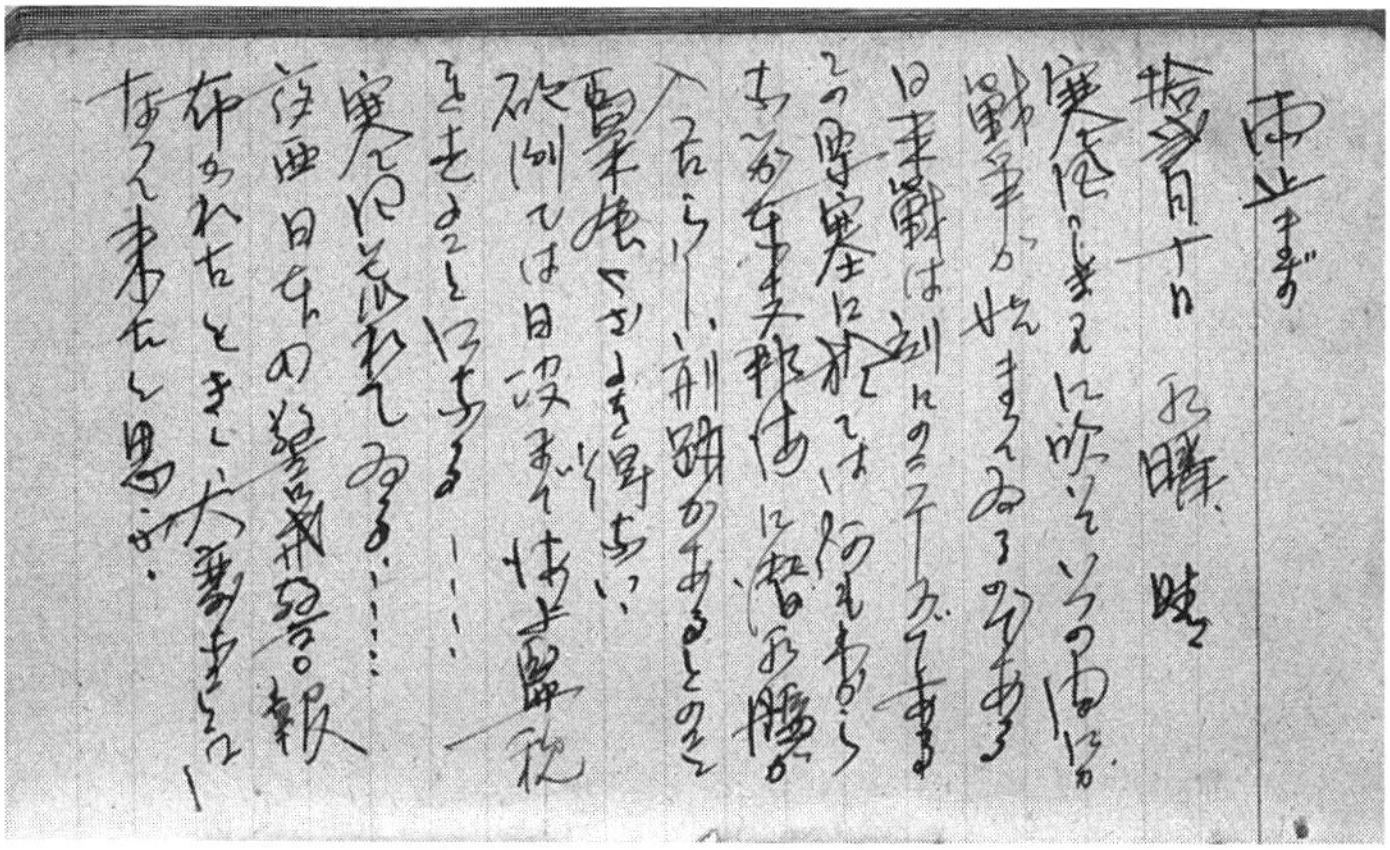

太平洋戦争開戦二日後に書かれた日記では、西日本に警戒警報が布かれたと聞いて、戦地からふるさとの家族を案じている。（1941年12月10日付）

綿向山の姿、よく遊んだ小学校の校庭、商家の板塀、母や妹のことなど、ふるさとはいつも細川の心の中にあった。

しかし、今はもっと遠く離れた異国の空の下にいる。今度こそ今生の別れになるのではないか。ふるさとには二度と帰れないのではないか。そう思うと胸が詰まる想いであった。そんな時は、原っぱであれこれ詩を考えた。詩だけが慰めであり、支えだった。

丁稚奉公をしていた時は、夜になるとふとんに電燈を引き込んで詩作にふけった。規律の厳しい軍隊の兵舎では、それも叶わない。休日のススキ原の中だけが、詩人としての彼のささやかな空間であった。ススキが風に揺れている。

あそびつかれて　ねころんで
雲をみている　かぞえてる
すすき原っぱ
もう秋だ
背中が　ひんやり　してきたぞ

（「すすき原」二節・『童謡人生』一一六号）

早く戦争が終わってほしい、と細川は願った。この同じ空の下、関沢は今頃どうしているだろうか。軍服に身をつつんだ親友の姿が目に浮かんでくる。

こうしてススキ原に身を置いていると、不思議と心が落ち着く。自然が息づくたたずまいがそうさせているのだろう。自然は時に厳しいが、互いに響き合い共鳴し合っている。そこには、人間のようにドロドロとした競争や無意味ないがみあいはない。

本来、人間も響き合って生きるものなのだ。なのに、この空しさは何だ。この愚かしさは何なのだ。

人間ほど自分勝手で不自然な生き物はいない。むろん、自然そのままには生きることなどできない。それが人間の宿痾《しゅくあ》であろう。が、あまりにも自然から遠く離れてしまったのではないか。自然が有機的に響き合うように、人間同士も共鳴できるはずだ。人は、決して自分ひとりだけが生きているのではない。この刹那、世界全体がともに響き合いながら命を生きているのである。互いに殺し合って良い道理はない。

戦争こそ正真正銘最悪の「滅私」だ、と心底思った。

まさに国家から強制される「滅私」であった。一枚の紙で兵隊にされ、個人の命を紙きれのように扱う。命とは、そんなに安っぽいものなのか。

たとえどのような大義があったとしても、人間同士が殺し合って、それで勝ったからといってしあわせになれるのか。

ついこの間まで店に奉公をしていた丁稚である。同じ奉公であっても、お国のために軍服を着たからといって、すぐに勇敢な兵士になれるはずもない。

「貴様ッ！　丁稚兵ノクセニ　態度ガデカイッ！」

昨日、上官に殴られて腫れあがった顔をさすりながら、細川はまた、ふるさとのことを考えていた。

大空襲のなかで

開戦から半年が経った昭和一七年(一九四二)五月、一人の少女が音羽ゆりかご会に入会している。西桜国民学校二年生の川田《かわだ》正子である。前年から尋常小学校は国民学校と名を変えていた。色白で、切れ長の目をした利発そうな少女だった。体が弱く、内気だった彼女を心配して母親が歌うことをすすめたのである。

担任の教師が音羽ゆりかご会に連れて行き、オーディションを受けさせた。「春の小川」を歌う正子を海沼はじっと見つめていた。そして、彼女の天性の才能をすぐに見抜いたのだ。決して目立つ存在ではないが、透きとおるようなきれいな声を正子は持っていた。

海沼の指導でぐんぐん上達した彼女は、翌一八年、関東児童唱歌研究会主宰の児童唱歌コンクールに出場。「兵隊さんの汽車」を歌って二位に入った。三節後半部の「万々歳」は海沼の指示を受けて、一オクターブ高い音で歌った。Ｆのハイトーン。こんな高い音を出せる子どもは滅多にいない。

川田正子の声は、復刻盤ＣＤで今も聴くことができる。ほかの童謡歌手に比べて線が細く、声量も豊かな方だとは言えない。しかし、張りのある高音域は素晴らしい。歌のサビでは、澄みきった高音が伸びやかに発声され、曲全体が引き締まる。同じ年、音羽ゆりかご会はＮＨＫ（ＪＯＡＫ）の専属となり、正子の声もラジオから流れるようになった。

この頃、ラジオ放送は五〇〇万以上の世帯が聴取するメディアになっていた。太平洋戦争がはじまると、マニラ制圧やシンガポール陥落など、日本の破竹の進撃をラジオは誇らしげに報じた。しかし、昭和一七年のミッドウェー海戦ではアメリカが攻勢に出て、日本は大きなダメージを受けた。その後のニューギニア戦、ソロモン海戦などでも苦戦したが、ラジオから流れる大本営発表は常に優勢な戦況を伝え続けていた。

いつの間にか、子どもたちは「少国民」と呼ばれるようになっていた。少国民とは「年少ながら国民としての観念を持つもの」という意味であるらしい。お国のために将来は戦地で勇敢に戦い、立派に死ぬことが美徳とされ、「幼い戦力」が養成されていたのである。やがて教師たちも次々に出征して行った。

また、食料不足のため運動場にはサツマイモや豆が植えられた。日野の国民学校でも、運動場の西半分が芋畑であった。すでに味噌、醤油や衣料品は配給制になっている。

細川の詩に海沼實が付曲した「中華の子供」(原題「青い服よい子」・今林郷子歌)のレコードが昭和一七年一一月に発売されたが、もはや日本国民には歌を口ずさむ余裕はなかった。

横堀夫妻の『童謡詩人』も、翌一八年二月に物資不足を理由として警察からの勧告が出たため、第一四輯で廃刊となっていた。

細川のふるさと日野町でも、日の丸の旗を打ち振りながら出征兵士を見送る一方で、白木の箱に入れられた無言の遺骨を迎えるといった光景が毎日のように見られるようになった。

蒲生氏郷公の銅像は国に供出され、町内の寺などには大阪の中心部から学童疎開の子どもたちが来ていた。学童疎開は、弱者を空襲から守るためのものではない。「将来の戦力」を確保するのが目的である。

やがて、アメリカの爆撃機が日本国内に飛来するようになり、空襲はますます激しさを増していった。細川のふるさと日野の空にも、名古屋や大阪に向かうB29の編隊が何度も通りすぎた。四日市の空襲で真っ赤に空が染まるのが日野からも見えたという。

浜松の航空隊が移住し、日野商人の本家などは将校とその家族の寄宿先となった。静かだった日野の町に、にわかに緊張が高まった。

東京はしばしば機能が麻痺した。昭和二〇年(一九四五)三月一〇日の大空襲では、三三四機のB29が夜の東京を火の海にした。死者一〇万人、負傷者四〇万人。川田正子の生家もこのとき焼

「あの子はたあれ」「ちんから峠」などの楽譜が集録された『川田正子孝子　愛唱童謡曲集』（新興音楽出版社　1949年）の表紙

失している。四月にもふたたび大空襲が東京を襲った。

家を失った川田の母・須摩子は、疎開して留守になっていた自分の両親の家に移った。南佐久間町にあったこの家は、日比谷公園に近い内幸町のＮＨＫ放送会館（ＪＯＡＫ）まで歩いて約七分と近い。海沼もこの家の二階に身を寄せていた。

当時一一歳の川田正子は、ＮＨＫ放送会館に決死の想いで通っていた。ほかの童謡歌手は疎開して東京を離れる者が少なくなかった。川田の家族が千葉へ疎開することになっても、正子は「死んでもいいから、私は歌いたい」と言って、海沼とともに東京に残ったのである。

正子は、舞台や放送の前には身体が震えてとまらないくらい緊張する子だった。だが、空襲警報が発令される中、彼女は防空頭巾をかぶって気丈にスタジオに出勤し、一日に何度でもマイクの前で歌った。そばには海沼がついている。ついには廊下や機械室で毛布にくるまり、泊り込みで歌い続けた。

歌うのは「兵隊さんよありがとう」「空の父空の兄」など戦意を鼓舞する勇ましい歌ばかり。それでも正子は『少国民の時間』や『前線へ送る夕べ』など、たくさんの番組で歌い続けた。ラジオだけでなく、正子は関東近県の後方部隊へ慰問にも訪れている。月に一度は家族が疎開している千葉にも行った。いつもそばには海沼がいた。

相変わらず無口で控え目だった正子だが、海沼がそばにいると安心だった。

彼は正子のことを「マアちゃん」と呼ぶ。細身の体にいつもダブダブの背広を着て、分厚いレンズの眼鏡をかけていた。

海沼は、ひどく目が悪い。右目は義眼で、徴兵検査では「乙種」扱いとなって召集を免れている。正子の目の前で義眼をポロッとはずして彼女を驚かせたりする茶目っ気もあったが、ふだんは無口で、静かに正子を見守っていた。

「空襲警報のサイレンが聞こえない日はあっても、川田正子の歌声が聞こえない日はなかった」といわれる。

その澄んだ愛らしい歌声は、戦局が絶望的となりつつあった日本の国民をどんなに励ましたことだろう。遠く戦地でラジオに耳を傾けていた兵隊は、彼女の歌声を聴くたびに、「今日も子どもの歌が流れてるよ。東京は無事なんだ。日本は大丈夫だ」と心を安堵させた。（以上のエピソー

ドは前掲書『最後の童謡作曲家 海沼實の生涯』ならびに『童謡は心のふるさと』による）

大都市を狙った空襲は六月を境に、地方都市にも牙を向けるようになっていた。

八月一四日、群馬県伊勢崎の空に敵機が来襲した。当時の記録『伊勢崎市制一〇年誌』によれば、一五日〇時半過ぎ、東と西南から火の手が上がった。「ヒューヒューという空気の摩擦音に続いてパタパタパタと屋根を突き抜け、塀にぶち当たり壁を突き破って焼夷弾の雨が降りそそぎ、たちまちあたりを青白く照らしながら火を噴出した」。

横堀恒子の住む三郷村も五五戸が炎に包まれた。バケツリレーや火叩きでは手に負えず、夜の闇を焦がす炎をただ呆然と見る以外にすべはなかった。

朝六時と夜一〇時に大正ロマンの鐘の音を響かせていた伊勢崎市時報鐘楼のドーム型の屋根も、このとき焼け落ちた。

「朕ハ時運ノ趨《オモム》ク所堪ヘ難キヲ堪ヘ忍ヒ難キヲ忍ヒ以テ萬世ノ為ニ太平ヲ開カムト欲ス……」

八月一五日、細川は雑音だらけの玉音放送を釜山で聞いた。敗戦を知らされたのは、その後だった。

玉音放送の翌朝、日野の町は騒然となった。商家に寄宿していた将校一家が自決しているのが発見されたのだ。町中を兵士たちがあわただしく駆けていった。

「アメリカ軍が上陸してきたら、子どもは耳や鼻を切り取られるのだ」という噂がまことしやかに流れていた。

敗戦から数日経って、細川たちがいる釜山にアメリカ軍がやって来た。武装解除後に丘陵地などで野営し、細川が島で書きためた詩はこの時にすべて没収されてしまった。

ユーチャンとミーチャン

外地に出征中の兵士は三一〇万人。在留邦人を合わせると六二〇万人が、敗戦と同時に明日をも知れない不安にさらされた。

細川の母はいつもそう言っていた。

「雄太郎は、秋になったら必ず帰ってくるよ」

細川の母はいつもそう言っていた。そのとおり、彼は秋に帰郷してきた。

南朝鮮（韓国）からの引き揚げは比較的に整然と進み、昭和二〇年（一九四五）一〇月、細川は博多港を経由してふるさと日野に無事帰ることができたのである。

輸送船には、やせ細った兵隊たちの顔、顔、顔。髭が伸び、汚れた軍服、負傷者もいる。そんな復員兵たちのなかに細川の姿もあった。この船が本当に日本に向っているのかどうか不安に苛まれながらも、遠くかすかに母国の山影が見えたとき、誰もが思わず涙した。敗戦はショックではあったが、新しい時代の始まりを細川は予感していた。

その年の九月六日、早くもラジオから川田正子のあの透きとおった歌声が聞こえてきた。戦時中は隅に追いやられていた童謡がふたたび戻ってきたのだ。

敗戦に打ちひしがれた人々に希望を与えた曲がある。童謡「みかんの花咲く丘」。昭和二一年（一九四六）、NHKの『空の劇場』という番組で、川田正子が歌った海沼實の名曲中の名曲である。作詞は、加藤省吾が担当した。

（草川先生のように誰からも愛唱される童謡をつくりたい）

その願いが叶った瞬間である。

海沼實の戦後の名曲として、「里の秋」も忘れてはならない。作詞は『童謡と唱歌』や『童謡詩人』で細川と同人仲間だった斎藤信夫である。この歌は引き揚げ船が帰るたびに放送され、『復員だより』という番組のテーマソングになった。細川も、ラジオで「里の秋」をよく耳にした。

「あの子はたあれ」と「ちんから峠」も、川田正子や妹の孝子が再びステージやラジオで歌い出した。昭和二二年（一九四七）一〇月、「あの子はたあれ」が松永園子（コロムビア）の歌でレコード化され、戦争で忘れられていた細川作品を全国の子どもたちが口ずさむようになったのである。

しかし、日本中で食糧や生活物資が不足している時代であった。日本の失業者数は、全労働力の三分の一に当たる一三〇〇万人といわれた。何とかして食べなければならない。童謡づくりなどと言ってはいられなかった。

食料も不足していたが、燃料も足りなかった。日野の町内には東南部に鎌掛《かいがけ》や平子地区など数箇所に鉱山があった。採掘されたのは亜炭と呼ばれるもので、石炭になる前の、まだ木材などが残っていて黒光りしていない石炭である。

さっそく彼は、そこで働いた。掘り出された亜炭は土場に運ばれ、粘土質のヌリと亜炭に選り分けられる。亜炭はトラックに積まれ、近江鉄道の日野駅まで運ぶのが彼の仕事であった。

日野炭鉱と呼ばれる採掘場は、耶斧岨《やぶそ》川沿いの道を奥に進んだ鎌掛の山中にある。近くには国の天然記念物に指定されているシャクナゲ渓があり、五月にもなると、二万本のシャクナゲ群落が美しい顔をのぞかせる。細く曲がりくねった山道を細川はトラックで何度も往復した。

昭和二二年（一九四七）、彼はお見合いをする。相手の名は美津という。

細川の妻となる美津（結婚前）

彼女は、ふくよかな丸顔で、とても明るかった。また、何より歌うことが好きで、そんなところも細川は気に入った。子どもの頃、彼女は近隣の小学校合同音楽会にクラス代表として出場したこともある。

細川三三歳、美津二八歳。五つ違いである。

高等女学校を卒業して、日本赤十字の看護婦となった美津は、戦時中は外地にいた。昭和二〇年（一九四五）一月、二〇名余りからなる日赤滋賀班の婦長として北京市の陸軍病院に勤務していたのである。

彼女たちもまた兵隊と同じく召集令状を受け、戦地に派遣されていた。日本赤十字社の社史によると、昭和一二年（一九三七）から終戦までの間に派遣（内地を含む）された救護班は、滋賀日赤から二〇班・七四八名にのぼる。うち婦長四七名のなかの一人として美津は外地に赴いたのだった。朝鮮海峡の離島にいた細川には、同じ境遇のように思われた。

彼女の配属先は元清華大学の大きな建物の骨傷第五病棟で、骨折患者の看護を担当した。負傷したり病にかかったりした者に敵も味方もない。彼女は旧姓を小林というが、中国の兵士からも「ショウリン、ショウリン（小林）」といって慕われていたという。

敗戦後も中国の傷病兵を看護するため現地にとどまり、引き揚げ途中の天津でも内地還送を待つ患者の救護にあたった。ようやく佐世保に着いたのは昭和二一年（一九四六）五月であった。

帰国後、美津は大津市の赤十字で働き、お見合いをした当時は小学校の擁護教諭をしていた。

昭和二二年（一九四七）一一月に結婚。

雄太郎と美津。ふとんの中で書き上げた『泣く子はたァれ』に登場する〝ユーチャンとミーチャン〟のカップル誕生であった。

この年、「朝はどこから」「雪の降るまちを」など数々の抒情歌の名曲を生んだＮＨＫ『ラジオ歌謡』の放送が始まっている。翌年一〇月には、細川が作詞した「僕らの灯り」（飯田景應・作曲、谷垣譲・独唱並びに歌唱指導）がラジオから流れた。放送日は一〇月一三日から一七日までの五日間で、前週にはのちに近江俊郎の歌でヒットした「山小舎の灯」が放送されている。

夕べとなれば　町のそら
いつもやさしい　星のよに
ぼくたちの　窓にも
あかるく　灯そう
ぼくたちの　灯りを
それは心も　ほのぼのと
明るくなるよな　愛の灯よ

（「僕らの灯り」一節・『炬火〜ＴＯＲＣＨ』）

まるで、細川と美津の微笑ましい愛を祝福するかのような歌である。

第五章　ふるさと発「童謡」の輪

自分の道

復員後の細川には、いくつかの選択肢があったと考えられる。ふるさとで就職する道、上京しプロの作詞家になる道。

再び群馬で奉公する道も全くなかったとは言えまい。しかし、すでに三〇歳を過ぎていた彼にとって、戦争で奪われた空白はあまりにも大きい。それに、家族を残して群馬へ行くことが果たして最善の道なのか。

細川が奉公をしていた頃は、出世して故郷に錦を飾ることが本懐とされた時代であった。彼もまた、宿命のように群馬の地に赴いた。だが、功成り名を遂げ、商人として生きることだけが人生ではないはずだ。地元にしっかり根をおろして、人間として清く自分らしく生きることも「錦を飾る」ことにならないか。

ラジオからは、毎日のように「あの子はたあれ」が流れてくる。「ちんから峠」も川田正子の妹孝子の歌で大ヒットしていた。

細川は当時をふりかえり、「若いころからプロの作詞家になる夢はありませんでした」と語っている。レコード会社からの誘いはいくつもあっただろう。もっと童謡の詩を書きたいという欲求は、常に胸中にあった。

しかし、プロの作詞家との交流などを通じて、彼はこの世界の厳しさを感じ取っていた。企画に沿った歌づくりをする〝職業としての作詞家〟は、本来の自分のあり方ではない。それに、自分はそれほど器用ではない。

細川にとって童謡詩とは、自己を童謡の世界に投影させることによって見つけた自分の居場所だった。決してプロになることを夢見ていた訳ではない。

実は、彼には明確な人生モデルがあった。横堀夫妻だ。地方に住み、同人誌を編み、童謡作家を育てる生き方。今でこそ地方に住みながら活動する文化人は多いが、当時は東京が文化の一大中心地であった。その中にあって、職を持ちながら地方で活躍していた横堀夫妻は、細川が間近で見た理想の実在モデルだったのである。

「いつか同人誌を主宰し、たくさんの童謡詩人を育てたい。あの横堀さんのように。そして、童謡の輪をもっと広げたい」

細川は、地元で職を探すことに決めた。それが、自らの人生で初めて彼が選択した道だった。

このことは、奉公と奉国の二つを経験した細川が各々の地で抱いた郷愁の念と無縁ではない。ふるさとの山や川、自然のたたずまいは、いつも温かな掌を彼に差し伸べてくれているように感じられた。

（そうだ、ふるさとこそ自分に相応しい場所なのだ）

細川にとって、ふるさとは心安らぐ自分の居場所だったに違いない。

戦争中、まったく消息がつかめなかった親友の関沢新一も無事帰国を果たしていた。同じ舞鶴砲兵隊だった関沢は、釜山からラバウル、ソロモン、ブーゲンビルを転戦し、戦火をくぐりぬけて昭和二一年（一九四六）に生還した。

マラリヤと栄養失調で半年ほど療養の後、京都太秦《うずまさ》で映画製作を手掛けるえくらん社に勤め、演出や宣伝を担当するかたわら、映画雑誌の編集をしたり、パンフレット等に漫画や挿絵を書いていた。

その後、映画監督の清水宏と出会い、戦災孤児を描いた清水監督の映画『蜂の巣の子供たち』（昭和二三年）の制作に参加している。第三作『大仏さまと子供たち』では、シナリオも手がけた。

この時期、同じく街にあふれる戦災孤児を扱ったNHKの連続ラジオドラマ『鐘の鳴る丘』も全国的な人気を呼んでいた。主題歌の「とんがり帽子」は音羽ゆりかご会が、毎回NHKのスタジオに通って歌っていた。

昭和三〇年代にシナリオライターとして東宝と契約した関沢は、映画やテレビの脚本に腕をふるった。特に『モスラ』や『モスラ対ゴジラ』などの怪獣映画で重要な役割を果たしている。モスラのふるさとインファント島が南方の島であるのは、南方戦線をくぐり抜けてきた彼の戦争体験から来るものだろう。ちなみに、ガダルカナル島は〝蛾島〟と呼ばれていた。

この頃、関沢は作詞家としてもデビューした。彼には、童謡より流行歌の方が向いていたらしい。美空ひばりの「柔」（レコード大賞受賞）をはじめ、舟木一夫「学園広場」、北島三郎「歩」、村田英雄「夫婦春秋」など数々のヒットを飛ばし、押しも押されもせぬプロの作詞家として生涯五〇〇曲以上の作品を残している。

ある時、関沢は細川にこう語っている。

「君の方が俺より何倍もしあわせだよ」と。

売れっ子であっても、プロであっても、書けない辛さは誰も同じ。締切が迫っても書けない苛立ち……。まったく自信を失い、泣きたい気持ちで、あてもなく渋谷の街をさまよっていたことがある。

歩道橋の上から、ふと下を見ると、蟻のようにせかせかと歩く人の群れが目に映った。その瞬間、ハッと思った。

自分ひとりが辛いのではない。あの人たちも自分も同じ仲間じゃないか。腹の立つことも、悲しいことも、全部ひっくるめて人生だ。少々のことがあっても、嘆いたり落ち込んだりしなさんな。いつか晴れる日も来る。なるようになるしかならぬおらが春、だ……。名も知らぬ人たちへの呼びかけが、村田英雄の「皆の衆」（曲・市川昭介）という歌になった。人生の応援歌である。

さて、細川は美津との結婚を仲人してくれた人の世話で、国営野洲川農業水利事業所に職を得た。農業ダムとしては当時日本最大といわれた野洲川ダム建設を所管し、工事が急ピッチで進められていた。細川は庶務課に配属され、経理などの事務職として勤務しはじめた。ダム工事が完

ふるさとに職を得た細川（後列右端）

了した後、施設は野洲川土地改良区が管理委託を受け、引き続き彼は土地改良区で勤務している。

新婚生活を土山町大河原で過ごした二人は、実家に戻って暮らしはじめた。自宅の門のそばでは、なつめの木が大きく成長し、さわやかな風に葉っぱを揺らせていた。

ふるさとにありて

「あの子はたあれ」の作詞者が日野に帰ってきたとあって、地元も放っておかない。日野の有志により発行された文芸誌『炬火～TORCH』（昭和二二年）では、細川が編集人を引き受け、自ら詩や随筆も書いた。横堀恒子や関沢新一も寄稿してくれた。

ところが、この時期の細川は、詩作の方向性をまったく見失ったかに見える。

同誌第四号に「ふるさとのこと」と題した細川の随筆が載せられている。少し長いが、次に引用する。

「異郷千里の孤島にまる五年。征衣につつむ青春の血脈。呪はれた戦争の痛手につつかれ通したあの頃の私の夜毎の夢はふるさとのことであった。
消燈ラッパが長い余情をのこして孤島の空に消えると、私は静かに瞼をとぢてふるさとのあの山、あの川、幼な馴みの道や丘の暖い色彩を画き、果ては母よ妹よと、はてしない郷愁のとりこになるのだった。（中略）
あの頃ひそかにまぶたにえがいた故里は、浄化された美しくも尊い故里であった。今現実の生活をのせているこの故里は果して本当の故里なのだろうか。（中略）あまりにもさびしき故里ゆえに、この日頃私は去りし日の夢のふるさとをなつかしむ。」

戦地で、あるいは群馬の地で、あれほど慕い続けたふるさと。だが、郷里に帰った細川の胸にはどこか違和感があった。このまま凡々として平板な日常の生活に埋没すれば、あんなに青春の血をたぎらせた詩への情熱が枯れ果ててしまうような気がした。

群馬では、横堀夫妻が頑張っていた。戦時下の四年間にわたって刊行しつづけた『童謡詩人』は、戦局の悪化によりやむなく廃刊に追い込まれたが、戦後いちはやく童謡誌『童謡祭』と誌名を変えて復活させた。食べるものもなく、着るものにも事欠いた昭和二一年（一九四六）のことである。

敗戦を経験した日本は、人の心をまで荒廃させていた。横堀眞太郎は創刊の辞で訴える。「現実の社会を見て、青少年の落ち行く姿をまざまざと見せつけられた時、我々はじっとしていられないのである。今こそ、彼等が純粋な人間性に立ち返るべく、心から歌える歌を与えなければならないと思う」と。

童謡運動の旗手となった『赤い鳥』が当時の俗悪な文化から子どもを救うための活動だったことを考えれば、これに通ずる横堀の強い気概がうかがわれる。

二年後、『童謡祭』は廃刊するが、その種子は『ＣＡＮＡＲＹ』（五十嵐まさ路主宰）へと受け継がれ、また長野の『童謡人生』（関沢欣三主宰）とも連携の輪を広げていった。

生活に引きずられ、細川の詩作は途絶えがちであった。『童謡祭』『童謡人生』などに詩友として参加してはいたが、筆は思うように進まない。

海へ行く道　坂の道
白いバスの　お窓から
いつも見ていた　松林
かわいいかもめの　あのうたも
忘れられない　あの海よ

（「海へ行く道」一節『童謡人生』四巻七号・昭和二八年七月）

『童謡人生』に掲載された細川のこの詩に、同誌の指導同人であった横堀恒子は次のとおり手厳しい詩評を載せている。

「あの子はたあれ」「ちんから峠」の作者として有名な人。この詩もわるくないが作者の持味がでていない。童心あふれたものを拝見したい。

（『童謡人生』四巻八号「前月号一段組評」、昭和二八年八月）

細川をよく知る恒子だからこその叱咤激励であろう。

決して「あの子はたあれ」に増長していたわけではない。かつて、ふるさとを想いつつ書いた詩が、今は心に浮かばない。古風で静かで、あまりにもさびしいふるさとに戸惑う細川がそこにいた。

しかし、恒子の詩評を読んで細川は目が覚めた。ふるさとは遠きにありて想うもの――そんなことはない！　ふるさとにありて私は歌うのだ。自分なりに、自分相応に、自分らしく生きて、自分のこの立ち位置でふるさとに文化の根を張る。地方からの文化の発信に自分が役に立つなら本望である、と。

さずかった三人の子どもたち

生活も何とか安定するようになり、細川は美津との間に三人の子をもうけた。

細川は小さい頃に父を亡くしている。単身赴任で群馬へ働きに出ていた父との思い出はあまりに少ない。だから、生まれてきた子どもには、父である自分がいつもそばにいてやりたい、という想いがあった。

そして、そんな子どもたちの存在が、細川作品を甦らせたともいえる。

子どもの成長を通して、もう一度ふるさとを見つめ直した。親としての視点を得て、失いかけていた詩心が細川の胸に再び湧き上がり、その炎は生涯消えることなく貫かれたのである。

昭和三四年（一九五九）三月、細川は葉《は》もれ陽《び》詩謡社を創立し、同人誌『葉もれ陽』を発行した。メンバーは、近在の歌仲間であった南英市と井上久雄の三人。記念すべき第一号の序文は「上海帰りのリル」の作詩で知られる東条寿三郎（東芝）が書いているが、一人二編ずつ合わせて六作品を掲載したＢ６判八ページの慎ましいものだった。

葉もれ陽のように　ひっそりと
そしてあたたかく　人々の心に
夢とよろこびを　落として行こう

第四号に掲載された細川の寸詩の一部である。

そよ風にゆれるなつめの葉からキラキラこぼれる光の粒子たちを想い描いての命名だろうか。その意味以上に、『葉もれ陽』というサラッと口になじむ優しい言葉が、ふるさとの自然のイメージと結びついて心地よい。

思えば、細川と童謡を引き合わせてくれた同人誌『童謡と唱歌』もガリ版刷りの粗末なものであった。同人は一〇人ほどで、後に「里の秋」や「蛙の笛」を作詞する斎藤信夫、「みかんの花咲く丘」の加藤省吾、関沢新一ほか数名。しかし、それは細川にとってかけがえのない宝物であった。

孤独で何か物足りない毎日や郷愁の念を癒してくれた同人誌である。そして、仲間と競い合う作品の中に、幾たびか生きがいを感じたことか。「しあわせとは案外こんなものか」と、彼は当時を懐かしんだ。

やがて『葉もれ陽』は、次第に全国の愛好者らが参加し、紙数を増やしていった。

ひたむきに

昭和三〇年代前半まで、細川はラジオやテレビによく引っ張り出された。ＴＢＳの番組『私のえらんだ人』では、嫌がる妻を説得して夫婦で出演した。ＮＨＫでも『ある人生～童謡に夢かけて』というドキュメンタリー番組がつくられた。

しかし、童謡が衰退していった昭和三〇年代後半以降、「あの子はたあれ」とともに細川のことも次第に忘れ去られていく。それでも彼は、ひたすら歌づくりの道を歩んでいった。

勤務を終えて家に帰ると、同人から届いた郵便を確認し、夜遅くまで同人誌の編集作業に取り組んだ。背広を脱ぎ、ネクタイをはずすと、そこには細川の世界がある。あたかも「あの子はたあれ」を書いたふとんの中のように、詩と向き合える時間である。

そして、かつて横堀恒子がそうであったように、同人の原稿に赤ペンを入れた。校正から封筒の宛名書き、切手貼りなども一人でこなした。

その都度、同人に手紙やハガキを丁寧に書いた。膨大な量である。近況や励まし、作品評や詩への想いなど、時には電話もかけ、同人の心をゆり動かし続けた。

仕事では経理事務のほか、時にはダムの管理や配水の業務もこなした。梅雨に入る前の渇水期などはへとへとに疲れ果て、『葉もれ陽』の発行どころか自分の作品すら書けない時もあったが、自らを「ローカル線を走る不定期列車」と卑下しながらも発行を続けた。

自宅で詩作をする細川（1965年頃）

大正時代から受け継がれ愛された童謡だったが、昭和三〇年代に入ると大きな波が押し寄せてきた。テレビである。

テレビは、新たなヒーローを誕生させた。「月光仮面」などの番組や漫画アニメーションの放送、それらの番組で流される主題歌は、子どもの耳にストレートに飛び込み、やがて子どもたちの「愛唱歌」になりつつあった。

昭和四〇年代に入って、童謡は大きな転換期を迎えようとしていた。四六年六月、最後の童謡作家と言われた海沼實がこの世を去ったのだ。六二歳だった。

細川は万感の想いで、海沼訃報のニュースを聞いた。自然に涙があふれ出た。海沼と出会わなかったら、今の自分はなかっただろう。庭には、ちょうどなつめの花が咲きはじめたところだった。

その翌年には、細川の恩師であった横堀恒子もこの世を去った。戦争中の勤労奉仕や強制労働がたたって体をこわし、気管支喘息や神経痛に悩まされながらも、毎日曜日に子どもたちへの文化活動を続けていた。

TBS「私のえらんだ人」に出演中の細川（後列左から二人目）と妻の美津（同左端）、音羽ゆりかご会の合唱指揮をした海沼實は後列右端（1961年）

早春の小庭の片隅にひっそりと咲く沈丁花……。細川はこの花を見ると恒子を思い出す。

孤独だった群馬の奉公時代、童謡らしきものを書きはじめていた頃、目に見えない糸に引かれるように恒子という恩師にめぐりあった。彼女は細川の作品に赤ペンを入れて熱心に指導してくれた。沈丁花の香りは、細川の心をひととき青春に還らせてくれる甘くやるせない香りであった。

横堀家の墓には、眞太郎と恒子の墓標が建てられている。そこには「葦の芽ツンツン母を泣かせた日も遠い」という彼女の詩句が刻まれている。


昭和五〇年（一九七五）、野洲川土地改良区の経理課長だった細川は、六〇歳で定年退職している。わが身を静かに振り返り、そして感謝した。日野商人の出店で奉公していた経験も生き、やり甲斐を感じながらの二七年間であった。

しかし、童謡の道はまだ遠い。テレビから流れるＣＭソングやアニメの主題歌を聞くたびに、細川は思った。日暮れて道遠し、童謡はますます子どもから遠ざかっている、と。


「このごろの世の中は、どこかおかしい。荒廃している」と、細川は嘆く。

政治不信、凶悪事件や犯罪の低年齢化、自殺大国、貧富の格差、後を絶たない戦争や内乱――。こういう出来事を起こす何かが、世の中に潜んでいるのではないかと。

現代社会は、時代の変化が急激かつ流動的である。そのスピードに翻弄され悪戦苦闘し、さらなる合理化、効率化に心を尖らせる人も多い。一方では、耐えきれず自ら心の反応を鈍化させる者もいる。

過激さと無関心、この両極の顕在化が強烈な「分断」を生むのである。自己を遮断し、友を遠ざけ、家庭を崩壊させ、地域から孤立し、国レベルでは憎悪の連鎖が激しい対立を招く。あらゆる関係性がずたずたに寸断され、きれぎれに分断されていく。

とりわけ核家族化と少子高齢化が進む日本では、いじめや家庭内暴力、孤独死、育児・介護放棄などの深刻な問題が頻出している。至るところに分断のほころびが生じる社会とは一体何なのか。この硬直化した社会は何なのか。

はからずも最終号となった『葉もれ陽』一一四号に、次の歌が掲載されている。昔の懐かしい遊びを想い出す方も多いだろう。

じゃんけんホイヨ　赤いくつ
とんでるはねてる　赤いくつ
負けても勝っても　おともだち
とんとん石だん　まだ高い

（「とんとん石だん」一節『葉もれ陽』一一四号・平成八年四月）

日本音楽著作権協会（出）許諾第1511267―501号

作者の視点は、足（靴）に置かれている。四節とも、石だんを上り下りしたり、小躍りしたり、立ち止まったり……、足だけで子どもの伸びやかで柔軟な動きや気持ちが描かれていて面白い。

しかるに現代人は、足元が見えていない。何でも頭に頼ろうとする。細川の意図は別のところにあるのかも知れないが、まず自分の足元を見つめなさい、と筆者には聞こえるのである。

細川にとっての足元とは、やはり家庭だったに違いない。その背景には、家族と離れて遠方の地で働く日野商人の宿命が大きく関わっている。

家庭は「しあわせ」の砦であるはずだ。単なるねぐらではない。家庭という足元が分断され、揺らいでいるようでは、「しあわせ」など望むべくもない。

物と金だけが「しあわせ」の条件ではないということに、今や誰もが気付いている。なのに、相も変わらず私達は文明の利器に使われ続け、物質的な豊かさへの過度な執着から逃れられないでいる。

価値観が多様化し軽薄さが漂う今の世の中は、逆に閉塞感をも生み出す。生きる意味が見いだしにくくなっているのだ。現実否認が横行し、つい手前勝手に事実を捻じ曲げて生きようとしてしまう。

細川のように一つの志を貫き、何かを成し遂げようとする生き方は、今の世の中では難しいのかも知れない。が、それでも彼は足元を見つめながら、ひたむきに自分の道を歩んでいった。

望郷の歌

「まあ、はじめまして」

「相変わらず、よいお声ですね」

細川と川田正子。二人の初対面は、昭和五九年(一九八四)のこと。日野の隣町の水口で開かれた『お母さん教室』の歌唱指導に来た川田を細川が訪ねた。

固く握手を交わした後、「ちんから峠」を川田正子が歌った。

天才少女歌手として惜しまれながら引退後、川田は一から声楽を勉強し直した。森の木児童合唱団を設立し、自らも歌手として復帰していた。

細川は、川田と一度も会ったことがなかった。「あの子はたあれ」をつくったのは太平洋戦争前夜であり、細川はまもなく戦地に赴き、リバイバルヒットした戦後は故郷の日野に帰っていた。

少女歌手時代の川田は、細川の童謡をレコーディングこそしていないが、昭和二一年(一九四六)頃からステージなどで妹の孝子とともによく歌っていた。あれから三八年が過ぎようとしていた。

同じ年、細川はこの歌を最初にレコーディングした秋田喜美子にも会っている。「あの子はたあれを作詞した兵隊です」と、召集された釜山から秋田宛にハガキを送ったことを懐かしく想い出す。

藪塚温泉歌碑除幕式に出席した細川と川田正子（1990年6月）

思えば、よくここまでやって来れたなぁと細川は感慨にふけった。

子育てを終えた妻は、県立知的障害者更正施設「しゃくなげ園」で働いていた。

しかし、結婚後もすべてが順風であったとはいえない。五一歳のとき、最愛の母があの世に旅立った。七五歳のとき、長女・陽子を三七歳で亡くしていた。煙草のけむりをくゆらせて、時に深くためいきをつき、綿向山を仰ぐことがあった。

山はだまっている。が、常に何かを語りかけている。いつだったか、定方から諭された言葉が浮かんだ。

「現実からそっぽを向いてはいけない」

あるがままに、現実を受け止めて生きていくしかないのである。

細川は、ようやくこの年になって分かりかけてきた。少なくとも、自分は悩み苦しむためにこの世に生れてきたのではない。それだけは確かだ。そう、言うならば自分はしあわせになるために生まれて来たのだ、と。

細川にとっての童謡は、本質的なところで〝しあわせ〟の原点とつながっている。

歌は不思議である。歌には命がある。懐かしい想い出の歌を聞くと、身体が共鳴箱のように反応し、その当時のことが鮮やかによみがえってきたという経験は誰にもあるだろう。

細川の「あの子はたあれ」はよく知られた歌だが、この歌が藪塚本町で生まれたことは地元ではほとんど知られていなかった。

昭和五八年（一九八三）に読売新聞が「望郷の思いでつづるあの子はたあれ、奉公人夜中の作詞」と題した記事を掲載したのがきっかけで、地元の人の知るところとなった。その後、上毛新聞でもこのエピソードが紹介され、「ぬくもりの故郷しのびあの子はたあれ」と藪塚かるたにも詠まれた。

「あの子はたあれ誕生のドラマをこのまま埋もれさせてはならない」と思い立った地元の有志が、中央公民館開館一〇周年の記念講演の講師として細川を招いたのは昭和六一年（一九八六）一一月のことだった。

東武鉄道の藪塚駅に降り立った細川は、しばらくホームで動けなかった。彼が藪塚を去って、四六年が経っていた。

一五歳から二五歳までの一〇年を過ごした町である。郷愁にも似た懐かしさがこみあげてきた。穏やかに晴れた秋の陽射しが、藪塚の町並に降り注いでいる。ふと鼻先を、味噌と醤油の懐かしい匂いがかすめたような気がした。

奉公していた岡崎商店は、昭和四〇年代半ばに閉鎖されていた。あの大原の桜並木も姿を消していたが、景色は変わっても、町の空気は変わらない。

夕映えに染まる赤城山を見ながら、雪道をひとり行く少年……。道端には新雪をかぶったお地蔵さんがぽつんと立っている。

細川の脳裏には、このような情景が映像となって晩年までずっと残っていた。

（あぁ、この道は、一斗樽を積んだリヤカーを自転車で引っ張って通った道だ。あかぎれの痛みをこらえて、荷造りをしたっけ。番頭さんや丁稚仲間は今どうしているだろう……）

人生に「もしも」を持ち込んでも始まらないが、もし戦争がなかったなら、この土地で醤油・味噌醸造業に精を出していたかも知れない。番頭になることを夢見ながら懸命に働いていたあの日々――。一面にひろがる畑や町並を眺めながら、細川は目を細めた。

会場の藪塚本町中央公民館はレンガ色の外壁の建物で、二〇〇人が収容できる二階講堂で記念の式典が行われた。その後、細川が壇上に立った。演題は「わらべうたと共に」。

講演の途中、さまざまな想いが細川の胸中に浮かんでは消え、ついには感極まって壇上で嗚咽した。涙があふれて、言葉にならない。

その時、会場のどこからともなく「あの子はたあれ」を誰かが歌い出した。歌ったのは当時の藪塚を知る年配の人だ。やがて歌声は会場中に響き、みんなの歌う声に励まされた細川も一緒に歌った。

あの子はたあれ
　誰でしょね
なんなん　なつめの花の下
お人形さんと遊んでる
可愛い　みよちゃんじゃないでしょか

日本音楽著作権協会（出）許諾第1511267―501号

童謡の心

昭和六〇年（一九八五）一月、大の童謡ファンで「あの子はたあれ」が大好きという練馬区の主婦の記事が朝日新聞に掲載された。すでにこの世の人でないと思っていた細川が健在と聞いて手紙を出したこの主婦が、上京した細川と感激の対面を果したという記事だった。二人は、新橋の童謡コンサート会場で対面した。

二時間ほど楽しく過ごし、「今度上京したら、ぜひわが家へ」とあいさつして別れた。それから一五日後の夕方のこと。

「どなたですか？」

東京練馬区の主婦は、玄関から聞こえる声をいぶかしんだ。

「こんにちは！」

（押し売りかしら？）

友人と応接間にいた主婦がドアを開けると、なんとあの細川が立っているではないか。

細川は当時、武蔵野市に住んでいた娘の家に来ていて、買い物ついでに婦人用の自転車を走らせて来たという。驚かしてすみません、という細川はまるで「いたずら少年」のようだったと主婦は回想している。

この話にはまだ続きがあって、当時の朝日新聞は次のように伝えている。

つかの間の語らいのあと、再会の握手をし、細川さんはあわただしく帰っていきました。二時間以上もたった時です。細川さんと一緒に上京し、娘さんのところにいる妻、美津さん（六五）から「夫がまだ帰らない」と電話がありました。細川さん、どうやら道を間違えたらしいのです。

（中略）

奥さまも「ほんまに気ばかり少年みたいで困るんです。体が老いとるのに、ちいっともその気

になりませんで……」と、笑っていました。それから数十分後、今度は本人から「無事、ただいま帰りました」と電話。（後略）

（朝日新聞　第二東京版　一九八五年一月五日　二〇面より引用）

もうすぐ七〇歳になろうとする細川が、自転車を走らせて東京の街中を行く姿は、何ともほほえましい。そのとき彼は、ビルの谷間ではなく、ふるさとの野の道を夢中で走る少年になっていたのだろう。

この記事がきっかけとなって『小さなかけ橋』という連載が計九回続き、童謡を愛する人たちの投稿が次々に寄せられ、ついには合唱団が誕生することになった。細川は「小さなかけ橋」童謡合唱会のテーマソングをプレゼントしている。

平成四年（一九九二）九月、『葉もれ陽』が一〇〇号目を迎えた。細川は七七歳になっていた。三四年間、ひたむきに歩んできた道である。世に三号誌とも言われる同人誌が多い中で、こつこつと積み上げ、誌齢百歳。この時、同人は四五名を数えた。

細川が書いた童謡の詩に、いつも無言の拍手を送ってくれていたのは妻だった。お金と手間のかかる同人誌の発行を、陰ながら支えてくれていた。

三年後、その妻の美津が亡くなった。享年七五。

細川は、早くから足を悪くしていた妻を助けて、畑仕事や買い物までせっせと精を出していた。

「主人は私に一度も怖い顔を見せたことがないんですよ」

と、美津は生前近所の人に語っていた。

若い頃から白衣の天使として戦地でも敵味方を問わず治療に当たり、家庭では明るく、陰で夫を支える糟糠《そうこう》の妻であった。

亡くなる六年前に、乞われて衛生担当の職員となった擁護施設「しゃくなげ園」でも、一人一人に細やかな心づかいと温かい言葉で接していたという。伽の夜、園の同僚でもあった住職から話を聞いて、細川は最後まで心を尽くしてくれた妻の笑顔を想い浮かべながら、「美津はしあわせ者だったな」と心からそう思った。

「憶えば私たちは戦後の苦しい中からのスタートでした。安サラリーマンの世帯を支え、三人の子を育てあげ、『戦友』という言葉が許されるなら、正に『無二の戦友』でした」

約半世紀、ともに歩んだ道。たくさんのことが浮かんでは消えるが、今はただ、ありがとう……すべてはありがとうなのだ、と。

いつも自分を支えてくれた笑顔のミーチャンは、今度は空の上から自分を見守ってくれているのだと自分に言い聞かせた。

晩年の細川は何度となく、良寛の名を口にしている。

プロの世界に身を投じることなく、田舎でこつこつと詩作を続けてきた。その日常の中で、彼は「童謡の心」とは何かを絶えず問いかけてきた。

「良寛のような人物にあこがれてはいるのですが、まだ理屈が多すぎるのです」

理屈ではない何か。花や月を見て、ただきれいと思う心。人間らしく生きること。今の時代には、それが欠けていると細川は言いたいのだ。

彼の家の庭には、四季折々の花が植えられている。樹々もさまざまだ。雑然としているところが、いかにも彼らしい。

なつめの木の横でほほえむ72歳の細川(1987年)

「ダイコンと白菜、それにダリアが好きですね。スイカやトマトは高度な技術がいりますしね。種をまけば花が咲くように、詩も作りたいですわ」
と屈託なく笑う。
「自然と人間との関わりを意識した作品が、これからの歌には必要ではないか。本当の子どもの歌とは、ふるさとの土の匂いのように、聞く人の心の中にひっそりと生き続けるものに違いない」

子どもの頃に知らず知らず口ずさんでいた歌には、自然や人に対する押し付けではない感謝の念があった。お金や物を大切にすることは必要だが、まず心のあり方が大切ではないか……と。自然の中に身を置いた良寛。時にほほえみ、時に厳しい自然。理屈ではない自然。細川の原風景であったふるさとの山や川と重ね合わせた時、自然と人との共鳴が生み出すやさしさや大らかさが「童謡の心」にも通じるのだと、彼はしみじみと思うのである。

それは、横堀恒子の師で「良寛さん」と呼ばれた青柳花明の「童謡は声である。心の声である」という言葉にもつながる精神であろう。そして、はるか彼方、細川が尊敬してやまない白秋・八十・雨情ら大正童謡の魂へと脈々と連なっている。

妻が亡くなった翌年、細川は海沼實のふるさと長野で突然倒れた。「一過性脳虚血症」だった。脳の血管が一時的に詰まり、意識を失ったのである。松代の病院へ入院し、二週間後には退院したが、その後、細川の筆からは一編の詩も生まれることはなかった。

もはやノートに詩を書きつけるのを忘れるほどの境地に入ったのかも知れなかった。あの大部屋のふとんの中にあふれていた眩い光の粒子に包まれたかのように、ふるさとの山や空を、自由に心を遊ばせながら。

遠く近く、祭り太鼓と笛の音が聞こえてくる。関東仕込みの速調子に、勇壮な若者のかけ声……。幼い頃、父の背中で聞いた懐かしい音色である。

「ユーちゃん、今度は負けへんで！」

「よっしゃ、神社の太鼓橋まで競争やっ」

裸足の子どもたちが勢いよく駆けていく。大通りには、桟敷窓から顔を出す人たちの笑い声が飛び交う。

なつめの木は、たわわに実をつけて、葉っぱを風に揺らせている。葉が揺れるたびに光の粒がきらきらとこぼれ落ちてくる。

「あれは誰や」

「なぁんや、ミーちゃんかいな」

妹たちと遊んだ庭、お月さま、お寺の鐘――。

（ふるさとはありがたきかな）

病院のベッドに横たわった細川の脳裏に、懐かしい光景が次々と浮かんでは消え、また浮かんでは消えていく。


平成一一年（一九九九）二月二一日午前二時四〇分、細川は日野の病院で八四年の生涯を閉じた。若き日、遠く離れたふるさとを想い、帰郷後はふるさとの自然を愛してやまなかった細川雄太郎。彼は今、綿向山に真向かう静かな丘の上で安らかに眠っている。

細川雄太郎　童謡詩集

あの子はたあれ

収録作品一覧

初期作品

奉公時代から戦中まで

もみぢのお手紙　『童謡と唱歌』第四巻第七号（一九三八年一二月）

僕の兄ちゃん兵隊さん　『童謡と唱歌』第五巻第一号（一九三九年一月）

泣く子はたァれ　『童謡と唱歌』第五巻第二号（一九三九年二月）

あの子はたあれ

仔リスの郵便屋さん　『童謡と唱歌』第五巻第二号（一九三九年二月）

小鳥のお使ひ　『童謡と唱歌』第五巻第二号（一九三九年二月）

ちりから峠　『童謡と唱歌』第五巻第三号（一九三九年四月）

ちんから峠

月夜のお馬車　『童謡と唱歌』第五巻第四号（一九三九年六月）

ポンツクポン　『童謡と唱歌』第五巻第五号（一九三九年七月）

ねぼすけねずみさん　『桐の華』第六巻第七号（一九三九年七月）

お日和飴屋さん　『童謡詩人』創刊号（一九三九年一一月）

狐のお帽子　『童謡詩人』第四輯（一九四〇年八月）

風鈴小僧さん　『童謡詩人』第四輯（一九四〇年八月）

とんとんかけくら　『童謡詩人』第六輯（一九四一年二月）

戦後から『葉もれ陽』以前

春がちかいよ　『童謡祭』創刊号（一九四七年一月）

赤い幌馬車　『童謡祭』第三号（一九四七年七月）

蛙のMP《エムピー》さん　『童謡祭』第四号（一九四八年一月）

僕の空　秋の空
『童謡人生』第四巻八号（一九五三年八月）
落葉の手紙
『童謡人生』第五巻九号（一九五四年一〇月）
仔馬のお耳
『童謡人生』第五巻九号（一九五四年一〇月）
山に冬が来る
『童謡人生』第五巻一一号（一九五四年一二月）
ねんねんころりん鈴ふって
『童謡人生』第五巻一一号（一九五四年一二月）
木枯小僧
『童謡人生』一一一号（一九六〇年九月）
すすき原
『童謡人生』一一六号（一九六一年六月）
西瓜屋さん
『童謡人生』一一六号（一九六一年六月）

『葉もれ陽』以後

ひこばえ太郎
『近江日野商人館・なつめの会曲集』より（初出不明）
ひまわりのマーチ
『近江日野商人館・なつめの会曲集』より（初出不明）
あさまやま
『葉もれ陽』童謡号壱（一九六〇年八月）
すすきのこみち
『葉もれ陽』童謡号壱（一九六〇年八月）
春は　ほろろん
『葉もれ陽』七号（一九六一年二月）
小さいあの日を
『葉もれ陽』四二号（一九七四年七月）
ぎんなん小僧
『葉もれ陽』四二号（一九七四年七月）
たんぽっぽ
『葉もれ陽』四四号（一九七五年七月）
かたつむり
『葉もれ陽』五九号（一九八〇年一二月）
秋風さんよ
『葉もれ陽』六四号（一九八二年九月）
そうだよ秋は
『葉もれ陽』六五号（一九八二年一二月）
のんき雲
『葉もれ陽』六七号（一九八三年九月）

あぶくのうた
『葉もれ陽』七〇号（一九八四年一〇月）

ここ　どこさ
『葉もれ陽』七二号（一九八五年五月）

せいたか　かがし
『葉もれ陽』七二号（一九八五年五月）

見えなくて、春
『葉もれ陽』七五号（一九八六年六月）

はるかぜさん
『近江日野商人館・なつめの会曲集』より
（掲載誌『歌謡列車』一二八号一九八六年）

海は秋いろ
『近江日野商人館・なつめの会曲集』より
（掲載誌不明・一九八六年）

母さんネコのこもりうた
『葉もれ陽』七九号（一九八七年六月）

かげふみ
『葉もれ陽』八〇号（一九八七年九月）

おいものともだち
『葉もれ陽』八二号（一九八八年三月）

ちいさな川の子守唄
『葉もれ陽』八三号（一九八八年六月）

はねっこ
『葉もれ陽』八八号（一九八九年九月）

風をたべたら
『葉もれ陽』八七号（一九八九年六月）

かえろかえろ
『葉もれ陽』八九号（一九八九年一二月）

青い空いいな
『葉もれ陽』九〇号（一九九〇年三月）

ほほえみふたつ
『葉もれ陽』九五号（一九九一年六月）

風のいろ
『葉もれ陽』九五号（一九九一年六月）

あしたまたね
『葉もれ陽』九七号（一九九一年一二月）

ちいさなけんか
『葉もれ陽』一〇〇号（一九九二年九月）

つばきの子守唄
『葉もれ陽』一〇一号（一九九二年一二月）

風にむかって
『葉もれ陽』一〇三号（一九九三年六月）

からすうり
『葉もれ陽』一〇六号（一九九四年三月）

夏をみつけた　『葉もれ陽』一一一号（一九九五年八月）
いいことありそな　『葉もれ陽』一一一号（一九九五年八月）
ありがとさんよ　『葉もれ陽』一一二号（一九九五年一〇月）
雪のふる夜は　『葉もれ陽』一一三号（一九九五年一二月）
め・め・め　かごのなか　『葉もれ陽』一一三号（一九九五年一二月）
とんとん石だん　『葉もれ陽』一一四号（一九九六年四月）

ふるさとの歌

綿向山讃歌　（初出不明）
びわ湖ようそろ　（初出不明）
ふるさと日野町　（初出不明）
ふるさとに歌ありて　『葉もれ陽』二七号（一九六七年八月）
ふるさとすすき　レコード『邂逅1』小坂明子・曲（一九七六年）
小さなかけ橋　朝日新聞（一九八五年五月二六日）
蒲生野は秋　『滋賀県作詞家協会会報』No２（一九八七年八月）
百舌鳥《もず》がいない　『滋賀県作詞家協会会報』No３（一九八七年一二月）
琵琶湖ひとり唄　『滋賀県作詞家協会会報』No４（一九八八年三月）
なつめのともだち　『なつめの会テーマソング』（一九八八年四月）
蒲生野いまは　『葉もれ陽』九二号（一九九〇年九月）
蒲生野とんび　『葉もれ陽』九六号（一九九一年九月）
ふりむけば山【かえりみて一〇〇号】　『葉もれ陽』一〇〇号（一九九二年九月）
愛・あい・あいとう　『愛東町イメージソング』（一九九二年一〇月）

夏のうた　『葉もれ陽』一〇二号（一九九三年三月）
花のある町　『葉もれ陽』一〇四号（一九九三年九月）
「ぼてじゃこ」の夏　『葉もれ陽』一一四号（一九九六年四月）
湖北夕照《せきしょう》　『逢美路』二五号（一九九六年六月）

初期作品

奉公時代から戦中まで

細川雄太郎は、昭和七年(一九三二)、一七歳の頃に童謡詩をつくり始めた。ここでは『童謡と唱歌』『童謡詩人』などに発表された初期作品をおさめた。この時期の童謡は「レコード童謡」と呼ばれ、現在でも評価が低い。レコードにA面とB面があるように「子ども版歌謡曲、感傷的懐古趣味、アイドルまがいの童謡歌手」などといったB面ばかりがクローズアップされ、十分な研究がなされていないのは残念である。

この時期の特徴は、「なんなんなつめ」や「ちりから」のように巧みにオノマトペ(擬態語・擬音語)を使っている点である。「なんなん」は西條八十の「なんなん菜の花」に使われており、細川が大正童謡の詩人を手本としていたことを物語っている。

「あの子はたあれ」と「ちんから峠」は、上段に初出の詩、下段にレコード発表時の詩を掲載した。評伝第三章で書いた通り、タイトルや歌詞が変えられているのが分かる。特に「あの子はたあれ」の変更は、戦争の影響が色濃く影を落としている。なお、戦地で書かれた作品の多くは没収され、残っていない。

もみぢのお手紙

赤いもみぢの　お手紙は
母さんゐない　お留守居の
机の上に　まひおちる
　オヤマーマツリニ　イラッシャイ
　モミヂガトテモ　キレイデス

赤いもみぢの　お手紙は
日ぐれの風に　はこばれて
私のまどに　ひとやすみ
　ワタシモオヤマガ　コヒシイノ
　イマゴロヤマハ　ヨヒマツリ

赤いもみぢの　お手紙は
はるばるとほい　ふるさとの
おはなしうんと　かいてある
　ワタシトイッショニ　イラッシャイ
　オヤマハトテモ　ウツクシイ

『童謡と唱歌』第四巻第七号（一九三八年一二月）

僕の兄ちゃん兵隊さん

僕の兄ちゃん　兵隊さん
戰闘帽子も　よく似合ふ
とっても素敵な兵隊さん
お手々をつないで　元気よく
口笛鳴らして　行くときは
ラララ　ほんとに　うれしいな

僕の兄ちゃん　兵隊さん
おヒゲがちょっぴり　よく似合ふ
とっても立派な兵隊さん
お肩のお星も　金すじも
朝日に光って　きれいだな
ラララ　ほんとに　うれしいな

僕の兄ちゃん　兵隊さん
ならんで歩けば　靴が鳴る
とっても大きな兵隊さん
いつでもニコニコ　笑って、
僕にも失敬　して呉れる
ラララ　ほんとに　うれしいな

僕の兄ちゃん　兵隊さん
お馬にまたがり　すましたら
とってもきれいな兵隊さん
日の丸ふりつゝ　みんなして
これからカメラに　入ります
ラララ　ほんとに　うれしいな

『童謡と唱歌』第五巻第一号（一九三九年一月）

泣く子はたァれ

泣く子はだーれ　誰でしょね
なんなん　なつめの花の下
お人形さんと　あそんでる
可愛い丶ミーチャンぢゃないでしょか

泣く子はだーれ　誰でしょね
こんこん　小やぶの細い道
竹馬ごっこで　あそんでる
となりのユーチャンぢゃないでしょか

泣く子はだーれ　誰でしょね
とんとん峠の　小鳩かと
お窓をあーけて　のぞいたら
お空にねむそな　晝《ひる》の月

泣く子はだーれ　誰でしょね
とろとろ日暮れの　窓の下
おながすいたと　ないてゐる
いつも来る猫　黒い猫

『童謡と唱歌』第五巻第二号（一九三九年二月）

あの子はたあれ

あの子はたあれ
　誰でしょね
なんなん　なつめの花の下
　お人形さんと遊んでる
　可愛い　みよちゃんじゃないでしょか

あの子はたあれ
　誰でしょね
こんこん　小やぶの細道を
　竹馬ごっこで　遊んでる
　となりのけんちゃんじゃないでしょか

あの子はたあれ
　誰でしょね
とんとん　峠の坂道を
　一人で　てくてく歩いてる
　お寺の小僧さんじゃないでしょか

あの子はたあれ
　誰でしょね
お窓に映った　影法師
　お外はいつか　日が暮れて
　お空にお月さんの笑い顔

日本音楽著作権協会（出）許諾第1511267―501号

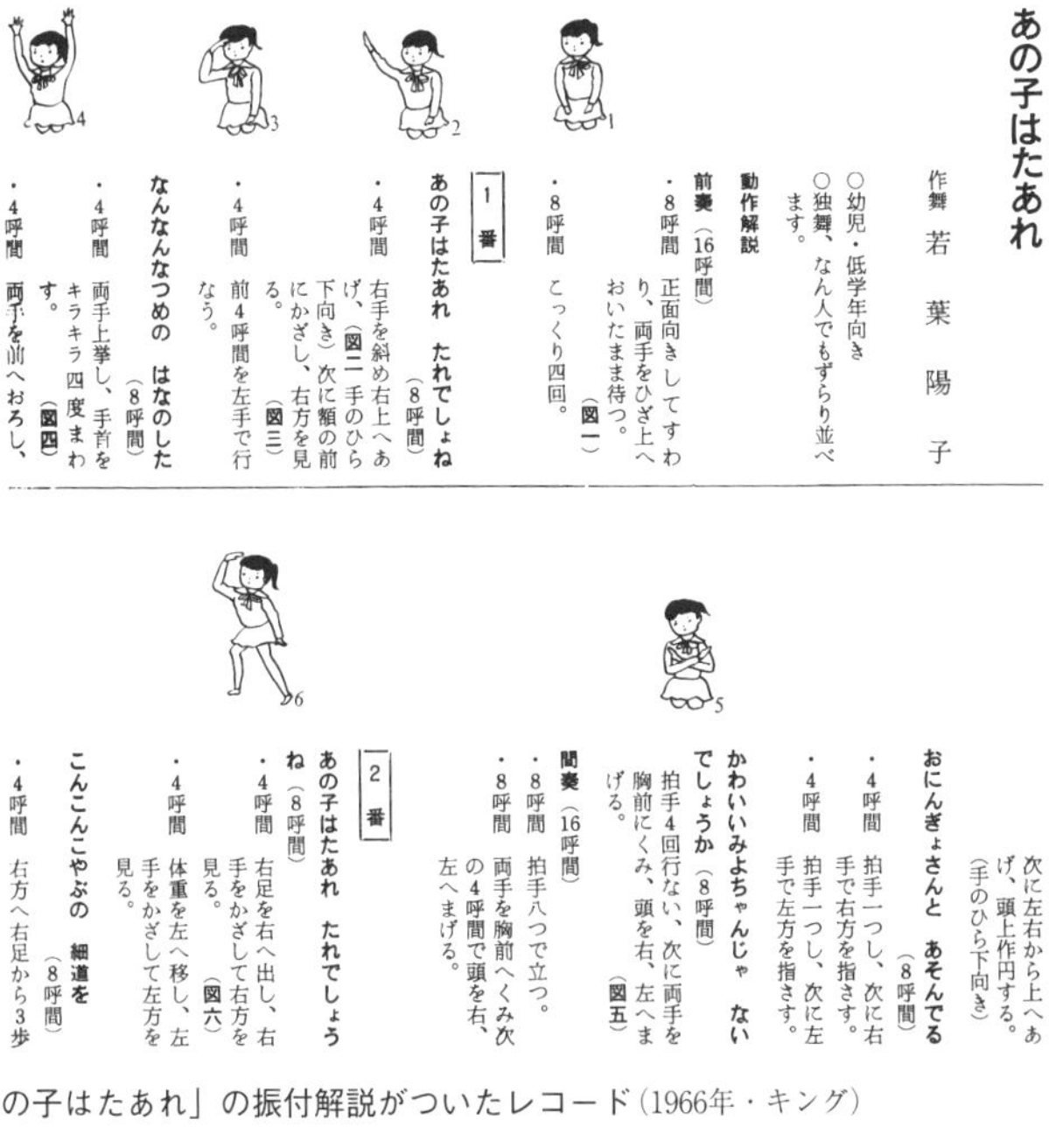

あの子はたあれ

作舞　若　葉　陽　子

○幼児・低学年向き
○独舞、なん人でもずらり並べます。

動作解説

前奏（16呼間）
・8呼間　正面向きしてすわり、両手をひざ上へおいたまま待つ。（図一）
・8呼間　こっくり四回。

1番

あの子はたあれ　たれでしょね（8呼間）
・4呼間　右手を斜め右上へあげ、（図二 手のひら下向き）次に額の前にかざし、右方を見る。（図三）
・4呼間　前4呼間を左手で行なう。

なんなんなつめの　はなのした（8呼間）
・4呼間　両手上挙し、手首をキラキラ四度まわす。（図四）
・4呼間　両手を山へおろし、次に左右から上へあげ、頭上作円する。（手のひら下向き）

おにんぎょさんと　あそんでる（8呼間）
・4呼間　拍手一つし、次に右手で右方を指さす。
・4呼間　拍手一つし、次に左手で左方を指さす。

かわいいみよちゃんじゃ　ないでしょうか（8呼間）
拍手4回行ない、次に両手を胸前にくみ、頭を右、左へまげる。（図五）

間奏（16呼間）
・8呼間　拍手八つで立つ。
・8呼間　両手を胸前へくみ次の4呼間で頭を右、左へまげる。

2番

あの子はたあれ　たれでしょうね（8呼間）
・4呼間　右足を右へ出し、右手をかざして右方を見る。（図六）
・4呼間　体重を左へ移し、左手をかざして左方を見る。

こんこんこやぶの　細道を（8呼間）
・4呼間　右方へ右足から3歩

「あの子はたあれ」の振付解説がついたレコード（1966年・キング）

仔リスの郵便屋さん

ハイハイ郵便　スタコラサ
お山の細道　木の葉道
朝から晩まで　スタコラセ
仔リスの郵便屋さんは　いそがしい

ハイハイ郵便　スタコラセ
木の葉の御手紙　どっさりこ
こわきにかいこみ　スタコラセ
仔リスの郵便屋さんは　元気もの

ハイハイ郵便　スタコラセ
お留守のお家は　こまります
枯草分けつゝ　スタコラセ
仔リスの郵便屋さんは　くたびれた

ハイハイ郵便　スタコラセ
峠の小道の　日の暮れに
いたづら狐に　いぢめられ
仔リスの郵便屋さんは　ないてゐた

『童謡と唱歌』第五巻第二号（一九三九年二月）

小鳥のお使ひ

小鳥のお使ひ　ラッラララ
春のお使ひ　ピッピピピ
　お唄うたって　雲の上
　みんな元気に　ピッピピピ
春　春　春が　来ましたよ

小鳥のお使ひ　ラッラララ
春のお使ひ　ピッピピピ
　まるいお目々に　うつる雪
　かわいいお口で　ピッピピピ
春　春　春が　来ましたよ

小鳥のお使ひ　ラッラララ
春のお使ひ　ピッピピピ
　花のお国の　おみやげは
　ほうらおきゝよ　ピッピピピ
春　春　春が　来ましたよ

小鳥のお使ひ　ラッラララ
春のお使ひ　ピッピピピ
　かすむ野山を　はるばると
　町へお里へ　ピッピピピ
春　春　春が　来ましたよ

『童謡と唱歌』第五巻第二号（一九三九年二月）

ちりから峠

ちりから峠の　お馬はホイ
やさしいお目々で　ちりからしゃん
　お鈴を鳴らして行きまする
　春風そよ風　うれしいね

ちりから峠は　日和でホイ
ふもとの子供が　ちりからしゃん
　輪まはしごっこで　あそんでる
　小鳥もてふてふも　あそんでる

ちりから峠の　茶店にホイ
ぢいさんばあさん　ちりからしゃん
　はちまきたすきで　おはたらき
　どこかでお鐘が　なってゐる

ちりから峠の　お馬はホイ
町からかへりに　ちりからしゃん
　おせなにおみやげ　花の束
　お首をふりふり　かへってく

『童謡と唱歌』第五巻第三号（一九三九年四月）

ちんから峠

ちんからホイ　ちんからホイ
ちんから峠の　お馬はホイ
優しいお目々で
ちんからホイホイちんからホイ
お鈴を鳴らして　通ります
春風そよ風　嬉しいね

ちんからホイ　ちんからホイ
ちんから峠は　お日和《ひより》ホイ
ふもとの子どもが
ちんからホイホイちんからホイ
輪まわしごっこで　遊んでる
小鳥もピーチク　鳴いてます

ちんからホイ　ちんからホイ
ちんから峠の　お馬はホイ
町からお帰り
ちんからホイホイちんからホイ
おせなに　おみやげ　花の束
お首をふりふり　帰ります

日本音楽著作権協会（出）許諾第1511267—501号

月夜のお馬車

月夜のお馬車で　誰が来る
お伽の国から王子様
　銀の冠　金の靴
リンロン　リンロン　お出でです

父さまたづねて　とほい道
はるばるひとりの　王子様
　月のよい夜は　笛吹いて
リンロン　リンロン　すゝみます

月夜のお馬車の　行く道は
可愛いゝ仔鳩も　ないてゐる
　白いお花も　咲いてゐて
リンロン　リンロン　鈴が鳴る

月夜のお馬車の　王子様
きっと父さま　おすがたは
　丘を越えたら　見えるでしょ
リンロン　リンロン　さようなら

『童謡と唱歌』第五巻第四号（一九三九年六月）

ポンツクポン

お山のお寺で　ポンツクポン
和尚さんと小僧さんが　ポンツクポン
朝からお勤め　ポンツクポン
木魚をたゝいて　ポンツクポン

ふもとのお里に　ポンツクポン
飴屋のおぢさんが　ポンツクポン
はよこい　みなこい　ポンツクポン
太鼓たゝいて　ポンツクポン

月夜の峠で　ポンツクポン
狸の子供が　ポンツクポン
つゞみのおけいこ　ポンツクポン
太鼓たゝいて　ポンツクポン

お家で坊やが　ポンツクポン
ひいふうみいよう　ポンツクポン
父さんのお肩を　ポンツクポン
かわいゝお手々で　ポンツクポン

『童謡と唱歌』第五巻第五号（一九三九年七月）

ねぼすけねずみさん

お山のお寺のおつとめは
ちんちんすゞめのおきるころ
　和尚さん小僧さんおそろいで
　木魚をたゝいてなんまいだ

木魚にねてゐた仔ねずみが
びっくりお目々をあいたけど
　和尚さん小僧さんよい聲で
　わきめもふらずになんまいだ

母さんねずみはどこへ行た
おなかもこんなにすいてるに
　和尚さん小僧さん知らぬ顔
　大きなお聲でなんまいだ

『桐の華』第六巻第七号（一九三九年七月）

お日和飴屋さん

秋晴れ　ほいほい日本晴れ
街道は　まつすぐ　白い道
今日も來る來る　飴屋さん
とほくで　太鼓が鳴つてゐる
とんつくとんとん　てれつくとん

みんなで　ほいほい　かけつくら
土橋を　わたつて　菊の道
見えた見えたよ　飴屋さん
急いで　行かぬと　はじまるぞ
とんつくとんとん　てれつくとん

とんぼも　ほいほい　見においで
みんなの　大好き　紙芝居
今日もおぢさん　にこにこと
ちよいと　すまして　はじまつた
とんつくとんとん　てれつくとん

『童謡詩人』創刊号（一九三九年一一月）

狐のお帽子

お山の狐の　お帽子は
柏のはっぱで　ございます
つんつん月夜の　細道を
狐の學校へ　ホイサッサ
みんなで行くから　可愛いいな

お山の狐の　お帽子は
柏のはっぱで　ございます
ビュービューお風の　吹く晩は
お頭《つむ》をおさへて　ホイサッサ
かけかけ行くから　ゆくわいだな

お山の狐の　お帽子は
柏のはっぱで　ございます
こんこん小雨の　ふる晩は
いくつも重ねて　ホイサッサ
すまして行くから　おかしいな

『童謡詩人』第四輯（一九四〇年八月）

風鈴小僧さん

あさかぜそよそよ　朝の窓
つるつるほっぺで　ちんろんりん
おつむをふりふり　ちんろんりん
風鈴小僧さん　お早ようと
おねぼうのあの子を　おこしてる

お日さまとろろん　晝《ひる》の窓
ねむそなお目々で　ちんろんりん
くるくるまはって　ちんろんりん
風鈴小僧さん　せのびして
飴屋のおぢさん　よんでゐる

夕風さらりこ　日ぐれ窓
かわいいお口で　ちんろんりん
お唄のおけいこ　ちんろんりん
風鈴小僧さん　よい聲で
七夕様に　うたってる

あかるい月夜の　夜の窓
仲よし子よしで　ちんろんりん
あの窓この窓　ちんろんりん
風鈴小僧さん　うれしそに
お月見おどりを　おどってる

『童謡詩人』第四輯（一九四〇年八月）

とんとんかけくら

とんとんかけくら
どの子がかける
お手手つないで　仲よしこよし
満員電車の　停車場へ
父さんお迎へ　すととんとん

とんとんかけくら
どの子がかける
ポチのお供で　あの子にこの子
夕焼け小焼けの　田ん甫道
町までお使ひ　すととんとん

とんとんかけくら
どの子がかける
山のお寺の　可愛いい小僧さん
まんまるお頭《つむ》に　鉢巻で
お里へお使ひ　すととんとん

とんとんかけくら
どの子がかける
お耳ふりふり　兎の小供
お月見おどりの　おけいこに
山の小道を　すととんとん

『童謡詩人』第六輯（一九四一年二月）

戦後から
『葉もれ陽』以前

敗戦後、ふるさとに根を張って活動しようと決心した細川の作品を、『童謡祭』『童謡人生』から選んだ。ここでもオノマトペが活躍している。

戦争をくぐり抜けたレコード童謡は、いち早く芽を吹き返し、「みかんの花咲く丘」や「里の秋」などの名曲が生まれた。細川の「あの子はたあれ」「ちんから峠」も復活し、愛唱された。

一方、生きることに精一杯だった細川の筆は、鈍りがちだった。あれほど慕い続けたふるさとは、あまりにも古風で寂しく彼を戸惑わせていた。彼がふるさとに想い描いた「しあわせ」は幻影だったのか？　この時期の細川は、あきらかに自信を失っていた。

しかし、恩師である横堀恒子の言葉が、彼の情熱にもう一度火をつけた。細川は、ふたたび童謡と向き合う。以前にもまして八十、白秋、雨情らの作品を繰り返し読み返したことだろう。

ところが、昭和三〇年代に入ると、新しいメディアであるテレビが登場し、子どもたちは次第に童謡から離れていったのである。

春がちかいよ

春がちかいよ
峠のお馬さん
　鈴がりんりん
　よくなるでせう
かわいいお耳も
ちょいとのびた

春がちかいよ
小藪の雀さん
　みんなちゅんちゅんちゅん
　おしゃべり上手
雀の學校も
いっぱいですね

春がちかいよ
お里の坊や
　ねんねよい子の
　お窓をごらん
ももいろお月さん
にっこりにこり

『童謡祭』創刊号（一九四七年一月）

赤い幌馬車

白いリンゴの　花咲いた
山のお里の　お日和に
ひびくよかすかな　鈴の音
赤い幌馬車　やってきた

遠い國から　はるばると
鈴をふりふり　かけてくる
かわいいお馬車の　くるころは
山はまつりよ　みなみ風

赤いお馬車の　おまどから
青い眼をした　お人形
ふりそで人形も　にっこりこ
かわい丶お日々で　みてゐるよ

誰も知らない　お國から
山の子供へ　おつかいに
ほんとによい子を　さがしてる
赤いお馬車の　ものがたり

『童謡祭』第三号（一九四七年七月）

蛙のＭＰ《エムピー》さん

青いお池に　ぴかりと光る
あれはネ　あれは蛙の
大きなお目目
蓮の葉っぱの　ヂープにのって
ちょいと　すました
蛙のＭＰさん

どこで泣くのか　かわいい聲よ
あれはネ　あれは迷子の
赤ちゃん　蛙
どこだどこだと　さがしてまはる
いつも　やさしい
蛙のＭＰさん

夕べちらほら　灯りがゆれる
あれはネ　あれはお池の
交通信號
右はストップ　左はＯＫ
とても　元気な
蛙のＭＰさん

『童謡祭』第四号（一九四八年一月）

※ＭＰ（Military Police）は進駐軍の憲兵。

僕の空　秋の空

僕のすきな　秋の空
とべとべ　たかく　赤とんぼ
あの山こえりゃ　なにがある
まつりの村か　みづうみか

秋の空は　すみきって
かわいい　羊の　群のよに
ましろな雲が　生れてる
おひげのおじさん　生れてる

僕のすきな　秋の空
とんぼの　群が　きえたなら
あとにはお寺の　鐘が鳴る
まっかな柿が　ゆれている

『童謡人生』第四巻八号（一九五二年八月）

落葉の手紙

風がサラリコナ
お背戸に吹けば
　赤い封筒の　落葉の手紙
　なんのおたより　サラリコサラリ

とんぼスイスイナ
去年は来たに
　なぜに来ぬかと　落葉の手紙
　風に吹かれて　サラリコサラリ

笛がピイヒョロリ
祭りの宵は
　誰がくれたか　落葉の手紙
　青い窓から　サラリコサラリ

『童謡人生』第五巻九号（一九五四年一〇月）

仔馬のお耳

りらりら　光る
光って揺れる
牧場のポプラ
　仔馬がホラネ
　かわいいお耳　ぴんと立て
　ポプラのおうた　きいてるね

ちらちら　見える
小さなものは
お空のつばめ
　仔馬がホラネ
　かわいいお耳　ぴんと立て
　つばめのおうた　きいてるね

おーいと　呼べば
こたえるものは
山彦小僧
　仔馬がホラネ
　かわいいお耳　ぴんと立て
　どの子の声か　きいてるね

『童謡人生』第五巻九号（一九五四年一〇月）

山に冬が来る

北風ホイ
　一晩吹いて　夜があけりゃ
　くぬぎ林も　はだかんぼ
　ぴーぴー　ぴんちょろ
　小鳥が　よぶよ
　くぬぎ　林の
　もっと奥　もっと奥

子リスもホイ
　昨夜は風で　ねないけど
　朝はうれしい　日向ぼこ
　ぴーぴー　ぴんちょろ
　小鳥の　唄に
　かわい　お目目が
　ねむくなる　ねむくなる

北風ホイ
　どこから吹いて　くるのやら
　冬はかけ足　山にくる
　ぴーぴー　ぴんちょろ
　小鳥が　よぶと
　家の　父さん
　炭焼きに　炭焼きに

『童謡人生』第五巻一一号（一九五四年一二月）

ねんねんころりん鈴ふって

ねんねんころりん　鈴ふってよ
坊やのお守は　ねんころり
夕日の夕日の　丸木橋
行ってもどって　日がくれる
　日がくれる

ねんねんころりん　鈴ふってよ
お山にいま出た　ひとつ星
坊やの大好き　父さんは
どこにいるのか　知らないか
　知らないか

ねんねんころりん　鈴ふってよ
坊やのお守は　ねんころり
お里にゃ灯がつく　風が吹く
ねんねねんころ　帰ろうよ
　帰ろうよ

『童謡人生』第五巻一一号（一九五四年一二月）

木枯小僧

障子をサ
　びゅんびゅん　やぶって
　そうれそれそれ　木枯小僧
　　お丶さむ　こさむと　とんでくる
　泣く子は　どこさと　とんでくる

馬っ子サ
　びゅんびゅん　お耳に
　そうれそれそれ　木枯小僧
　　お丶さむ　こさむと　ほえてくる
　はよはよ　ねなよと　ほえてくる

灯りをサ
　びゅんびゅん　ゆすって
　そうれそれそれ　木枯小僧
　　お丶さむ　こさむと　かけてくる
　母さん　ひざまで　かけてくる

『童謡人生』一一一号（一九六〇年九月）

すすき原

山がちかいよ　風の日は
雀もわーいと　とびあがる
すすき原っぱ
かきわけて
　初茸　さがしに　ゆかないか

あそびつかれて　ねころんで
雲を見ている　かぞえてる
すすき原っぱ
もう秋だ
　背中が　ひんやり　してきたぞ

赤いぼうしの　鬼の子も
だまって帰った　日のくれは
すすき原っぱ
ちかみちを
　口笛　吹き吹き　かえろうよ

『童謡人生』一一六号（一九六一年六月）

西瓜屋さん

朝露ふんで　とってきた
つやのいいこと　品のよさ
おらが大切《だいじ》な　この西瓜
はいはい　初荷で　ございます

どこから見ても　よい西瓜
ポンとたたけば　ポンと鳴る
おらがじまんの　この西瓜
はいはい　ありがと　どっこいしょ

ひでりの年は　味がよい
たべてごらんよ　ほんとだよ
おらが育てた　この西瓜
はいはい　もひとつ　おまけです

『童謡人生』一一六号（一九六一年六月）

『葉もれ陽』以後

細川が昭和三四年（一九五九）に創刊した『葉もれ陽』の作品を中心に掲載した。オノマトペは健在だが、「風のいろ」や「見えなくて、春」などは、短い詩のうちに情景が鮮やかに浮かびあがる秀作である。

細川は、ふるさとの自然の中の生き生きとした子どもたちの情景を一貫して歌ってきた。しかし悲しいかな、猛烈なスピードで経済発展に突き進む時代の波は、細川の詩に登場する遊びや風景をいつの間にか置き去りにしてしまった。これらの作品にふれた読者は、ある種の物足りなさを感じられたかも知れない。当然である。文明の利器に長けた私たちは、自然と共生共感する文化を捨ててきたのだから。言い換えれば、それは想像と創造を渙発する柔軟な「子どもの心」の喪失なのだ。

童《わらべ》という字は「里」に「立つ」と書く。子どもは、自然のなかで大きく育つのである。生活と自然がかけ離れてしまった今だからこそ、土や木々の匂いのする細川の童謡のような歌がもっとあってほしい。

亡くなる三年前に書かれた「とんとん石だん」が、細川童謡のラスト・ソングとなった。

ひこばえ太郎

つんつんつん　芽を出した
お先にごめんと　背のびする
山の枯木じゃないんだよ
ひこばえ太郎というんだよ
二郎も　三郎も　仲間だよ

つんつんつん　とび出して
大きなお日さま　こんにちは
石や根っこじゃないんだよ
ひこばえ太郎というんだよ
みどりの　帽子が　にあうだろう

つんつんつん　手を出して
ちょうちょと握手が　したいんだ
ひとりぼっちじゃないんだよ
ひこばえ太郎というんだよ
あの子も　この子も　せいくらべ

『近江日野商人館・なつめの会曲集』より（初出不明）

ひまわりのマーチ

あかるい町が　好きだから
いつでも　お日さま　おいかける
せいたかのっぽ　わらいがお
黄色い帽子を　ふりながら
とんでとんでホーイ
背伸びっこ

あかるい歌が　好きだから
いつでも　首ふり　タクトふる
せいたかのっぽ　いいかっこ
黄色いパラソル　あげるから
とんでとんでホーイ
みんなこい

あかるい家が　好きだから
いつでも　お窓を　のぞいてる
せいたかのっぽ　大目玉
黄色い花火を　とばすから
とんでとんでホーイ
べそっかき

『近江日野商人館・なつめの会曲集』より（初出不明）

あさまやま

あきが　きている　あさまやま
いっぽん　けむり　とおいそら
きのうの　ように　やまのうえ

あきが　きている　あさまやま
ねんねん　こもり　とおるみち
こやぎの　めんめ　すんでいる

あきが　きている　あさまやま
ちぎれた　けむり　おいかけて
はぐれた　からす　とんでゆく

『葉もれ陽』童謡号壱（一九六〇年八月）

すすきの　こみち

忘れたことが　あったけど
想い出したね　よかったね
すすきの風が　いいました

いっぽんこみち　すすき道
ねんねん里へ　かえる道

泣きたいことも　あったけど
じっとこらえて　よかったね
すすきのかげで　よびました

日暮れのうすい　おつきさま
ねんねん里へ　かえる道

『葉もれ陽』童謡号壱（一九六〇年八月）

春は　ほろろん

春は　ほろろん
夜明けは　ほろろん
もやの中から　ういてきて
背戸の　細道　桃の花

春は　ほろろん
お里は　ほろろん
かすむ　お山の　空とおく
ひるね　さめたか　鳩がなく

春は　ほろろん
日ぐれは　ほろろん
どこで　匂うか　沈丁花
ねんね　子守の　かへる道

『葉もれ陽』七号（一九六一年二月）

小さいあの日を

風が　誰かを　追いかける
すすきの丘の　はつ秋を
空がこんなに　青いかと
鳥があんなに　早いかと
　私は見てる　ふるさとを
小さいあの日を　手のひらに

雲が　夕日を　おしてゆく
すすきの丘の　片影に
風の又三が　来やせぬか
こいし母さん　呼びゃせぬか
　私は見てる　ふるさとを
小さいあの日を　手のひらに

ひとつ　見つけた　青い星
すすきの丘の　たそがれの
道をたづねた　とおい日よ
涙もえてた　若い日よ
　私は見てる　ふるさとを
小さいあの日を　手のひらに

『葉もれ陽』四二号（一九七四年七月）

ぎんなん小僧

夕焼けとんびが
おとしていった
　小道に　ころろ
　ぎんなん小僧
　（ボクハ　イツデモ　ヒトリデス）
むかし　むかしを　銀杏は　呼ぶよ
　ころろ　ころころ　里の唄

はぐれた雀が
つついて　いった
　草かげ　ころろ
　ぎんなん小僧
　（ボクハ　トモダチ　ホシイデス）
ひとり　見上げる　銀杏は　ゆする
　ころろ　ころころ　とおい夢

そよ風　こかぜが
あまえて　いった
　木かげに　ころろ
　ぎんなん小僧
　（ボクハ　イツマデ　アマエンボ）
あれは　母さん　銀杏は　唄う
　ころろ　ころころ　子守唄

『葉もれ陽』四二号（一九七四年七月）

たんぽっぽ

たんたん　たんぽぽ　たんぽっぽ
あついあついと　たんぽっぽ
綿帽子　つんつん　とばしたら
サーおっかけろ　おっかけろ
　夕日が　お山に　きえるまで

たんたん　たんぽぽ　たんぽっぽ
だれにあげよか　たんぽっぽ
綿帽子　いっぱい　とばしたら
サーおっかけろ　おっかけろ
　小山羊の　おせなに　とまるまで

たんたん　たんぽぽ　たんぽっぽ
これでおしまい　たんぽっぽ
綿帽子　きらきら　とばしたら
サーおっかけろ　おっかけろ
　つばめの　赤ちゃんの　お家まで

『葉もれ陽』四四号（一九七五年七月）

かたつむり

ことりの　うたが　ききたくなって
せいのび　アンテナ　みぎひだり
山のうた　うみのうた
かぞえてる　かぞえてる
かたつむり

夕立　あびて　きれいになって
おさんぽ　したいな　とおめがね
青いそら　虹のそら
みえますか　みえますか
かたつむり

赤い実　たべて　げんきになって
みどりの　葉っぱの　ゆりかごで
雨のよる　風のよる
わすれてる　わすれてる
かたつむり

『葉もれ陽』五九号（一九八〇年一二月）

秋風さんよ

秋風さんよ　秋風さん
背《せな》に　吹いたら　冬がくる
柿の実　夕やけ　赤とんぼ
せめて　こん夜は　つれてきな
　杣の　小窓は　月あかり

秋風さんよ　秋風さん
明日　吹いたら　雨になる
鈴虫　お月夜　地蔵さま
泣いた　仲間を　抱いてきな
　風呂の　小窓は　うすあかり

秋風さんよ　秋風さん
どこへ　吹いても　日がくれる
北国　山鳩　しぐれ町
別れ　ばなしは　すてときな
　背戸の　小窓は　夢あかり

『葉もれ陽』六四号（一九八一年九月）

そうだよ秋は

赤とんぼ　ひらら
夕陽に　もえて
山のむこうの　お里へ
ひらら
むかしのうたを　見つけておくれ
そうだよ　秋は
母さんの　秋

栗の実　ぽろり
お星に　なって
浜で三軒　お窓へ
ぽろり
父さんの夢を　うつしておくれ
そうだよ　秋は
浜っ子の　秋

ほうづき　ほろり
灯りに　なって
村のまつりの　広場へ
ほろり
ちいさな笛を　むかえておくれ
そうだよ　秋は
こどもの　秋

『葉もれ陽』六五号（一九八二年一二月）

のんき雲

けんか　なんか　中途でやめて
見てや　でっかい　赤い雲
母さんの声が　かけてくる
ほんまに　赤い　ほほづきみたい
けんど　ちょっとも　うごかへん
のんきな雲やな　ほんまほんま

とんぼ　とんぼ　目玉をむいて
見てや　この子と　赤い雲
どっちが　赤い　まっさら帽子
けんど　とんぼは　よこちょむき
のんきな仲間や　ほんまほんま

つばめ　とんび　かっこうよいな
見てや　とおくの　赤い雲
見えたら　ひとつかけっこせんか
けんど　あっちも　知らぬかお
のんきな雲やな　ほんまほんま

『葉もれ陽』六七号（一九八三年九月）

あぶくのうた

ぷっくり　　ぷくぷく
あぶくの　　なかに
あんなこと　こんなこと
見つけて　　あるく
子ガニと　あぶくは　ともだちさ

ぷっくり　　ぷくぷく
あぶくを　　あげて
あんなゆめ　こんなゆめ
さがせば　　ねむい
田螺《たにし》と　あぶくは　ともだちさ

ぷっくり　　ぷくぷく
あぶくを　　吹いて
あんなうた　こんなうた
なかよく　　うたう
金魚と　あぶくは　ともだちさ

ぷっくり　　ぷくぷく
あぶくに　　にてる
あんなかお　こんなかお
見つけて　　はしる
目高と　あぶくは　ともだちさ

『葉もれ陽』七〇号（一九八四年一〇月）

ここ　どこさ

あっちも　こっちも　わたぼうし
かけっこ　ひよこは　ぶつかって
ころり　ころり　ここどこさ
とまって　みたら　みっかった
ああ　母さんの　いいにおい

夕立　ざんぶり　ねんねの木
こどもの　毛虫は　たいへんだ
いそげ　いそげ　ここどこさ
とまって　みたら　みっかった
ああ　風さんの　とおるみち

お菓子の　お山が　おおきくて
あわてた　アリさん　わからない
まわれ　まわれ　ここどこさ
とまって　みたら　みっかった
ああ　父さんの　わらいがお

『葉もれ陽』七二号（一九八五年五月）

せいたか　かがし

あんまり　せいが　たかすぎて
日ぐれが　こわい　風のおと
あのね　せいたか　かがしさん
おーいと　ともだち　よばないか

夕やけ　たんぼは　さむい秋
もんぺが　ほしい　ひとりぼち
あのね　せいたか　かがしさん
おーいと　母さん　よばないか

あの子の　ほっぺ　まっかっか
いたずら　とんびが　はやしてる
あのね　せいたか　かがしさん
おーいと　てんぐを　よばないか

お月夜　さんが　あかるくて
まつりの　こども　かげぼうし
あのね　せいたか　かがしさん
おーいと　みんなを　よばないか

『葉もれ陽』七二号（一九八五年五月）

見えなくて、春

そよ風　ですか
かげろう　ですか
たんぽぽさんが　せいのびしてる
見えなくて　春
草のなか

おまつり　ですか
おはやし　ですか
子雀さんが　おでんわしてる
見えなくて　春
やぶのなか

おねんね　ですか
うれしい　ですか
夕焼けさんが　あくびをしてる
見えなくて　春
雲のなか

『葉もれ陽』七五号（一九八六年六月）

はるかぜさん

ネコのおめめは
まだまだねむい
はるかぜさんがごめんよごめん
日向ぼこ

ネコのおみみは
ちいさくきいた
はるかぜさんがないしょないしょ
なにかしら

ネコのおひげは
まっすぐひかる
はるかぜさんがちりりりんちりり
鈴つけた

ネコのおせなは
雪んこおせな
はるかぜさんがそろりこそろり
すべりだす

『近江日野商人館・なつめの会曲集』より
（掲載誌『歌謡列車』一二八号一九八六年）

海は秋いろ

手がとどく　夕焼けは
いつかみた　ふるさと
砂にかいた　コスモスのように
ゆられてる　僕とカモメよ
あかい　あかい
海は秋　あかい秋

陽のしずむ　島かげは
いつかみた　ふるさと
そっと吹いた　口笛のうたに
たちどまる　僕と三日月
あおい　あおい
海は秋　あおい秋

あの町の　ともし灯
いつかみた　ふるさと
雲にかえる　鳥たちのように
あるきだす　僕とそよ風
とおい　とおい
海は秋　とおい秋

『近江日野商人館・なつめの会曲集』より
（掲載誌不明・一九八六年）

母さんネコのこもりうた

うまれた　このこ
かわいい　こねこ
たれにも　みせない
はこの　なか
とっても　ちいさな
こもりうた

だいすき　このこ
あたたか　こねこ
こんやも　あめなら
まるくなり
おみみに　ちいさな
こもりうた

わたしの　このこ
だいぢな　こねこ
めんめが　あいたら
どこへゆこ
きいてよ　ちいさな
こもりうた

『葉もれ陽』七九号（一九八七年六月）

かげふみ

ころげて　はなれて
おいついて　おいついて
ふたつがひとつ　みっつがひとつ
かげふみ　かげふみ
あたたかい

だんだら　坂みち
とまらない　とまらない
ふたつがひとつ　みっつがひとつ
かげふみ　かげふみ
はなれるな

お日さま　もうすぐ
さむくなる　さむくなる
ふたつがひとつ　みっつがひとつ
かげふみ　かげふみ
ありがとう

『葉もれ陽』八〇号（一九八七年九月）

おいものともだち

おいもの　ともだち
おいもで　ござる
ほっても　ほっても
手をつなぐ

おいもの　ともだち
仲よし　ござる
まっかな　まっかな
わらいがお

おいもの　ともだち
はだかで　ござる
おしくら　おしくら
いいきもち

おいもの　ともだち
げんきで　ござる
北風小僧と
にらめっこ

『葉もれ陽』八二号（一九八八年三月）

ちいさな川の子守唄

さーらら　さらら
いい　いろあげよ
おちば　沢ガニ　水車のひかり
ちいさな川が　あつめているよ
さーらら　さらら　さとのいろ

ちーちろ　ちろろ
いい　うたあげよ
れんげ　たんぽぽ　たにしのあぶく
ちいさな川が　ひろっているよ
ちーちろ　ちろろ　はるのうた

とーろろ　とろろ
いい　ゆめあげよ
とんび　子ひばり　夕やけ小やけ
ちいさな川が　かぞえているよ
とーろろ　とろろ　なんのゆめ

『葉もれ陽』八三号（一九八八年六月）

はねっこ

はねっこ　どの子
この子と　あの子
花の　まわりで
蝶々に　なって
はねっこ　とんやれ　おどりっこ

はねっこ　どの子
この子と　あの子
波の　むこうで
とんぼに　なって
はねっこ　とんやれ　風小僧

はねっこ　どの子
この子と　あの子
雪と　いっしょに
うさぎに　なって
はねっこ　とんやれ　かくれんぼ

『葉もれ陽』八八号（一九八九年九月）

風をたべたら

風を　たべたら　トマトの匂い
町へ　かえった　おともだち
おもい　出すでしょ　この道を
トマト畑に　光る風

風を　たべたら　水車の匂い
キャンプ　仲間の　おともだち
おもい　出すでしょ　水しぶき
まわる水車の　白い風

風を　たべたら　お山の匂い
蝉を　さがした　おともだち
おもい　出すでしょ　あの夕日
すすき広野の　青い風

『葉もれ陽』八七号（一九八九年六月）

かえろかえろ

蛙の　まねっこ
けろけろ　けろろ
いつまで　あそんで　いいのかな
おなかが　すいたら　かけっこで
かえろ　かえろ　丘のみち

いぢわる　あの子も
けろけろ　けろろ
泣かせた　あの子と　肩くんで
ごめんね　いったら　まっすぐに
かえろ　かえろ　草のみち

夕やけ　小やけも
けろけろ　けろろ
いちばん　星さん　みつけたと
あしたの　やくそく　もういちど
かえろ　かえろ　ちかいみち

『葉もれ陽』八九号（一九八九年一二月）

青い空いいな

いいかい　いいかい　ぼくたちは
風の子供に　なったのさ
とんでとんで　原っぱ
かけてかけて　峠
すこしつかれて　ホー
ぽかんこ　見てる　青い空いいな

ほんとだ　ほんとだ　わたしたち
花のお国へ　行ったのさ
とんでとんで　蜂さん
わたるわたる　虹を
誰か呼んでる　ホー
ぽかんこ　見てる　青い空いいな

いつでも　いつでも　仲よしさん
雲といっしょに　とんだのさ
とんでとんで　とんび
ゆめを　ゆめを　さがす
いつか　夕やけ　ホー
ぽかんこ　見てる　青い空いいな

『葉もれ陽』九〇号（一九九〇年三月）

ほほえみふたつ

ちいさく　なったら　おしまいよ
せいのび　仲間が　ほしいから
おとなりさんへ　とんとんとん
しあわせくらべ　しませんか
ほほえみ　ふたつ　日向ぼこ
　ちぎれた　あの雲　いつ会える

むかしの　わたしは　もう居ない
今では　明日が　見えるから
おとなりさんへ　とんとんとん
毛糸の色は　どれしましょ
ほほえみ　ふたつ　色合せ
　からめた　小指が　あたたかい

いいこと　ばかりじゃ　ないんです
いつかは　あまえて　みたいから
おとなりさんへ　とんとんとん
身の上ばなし　わけっこよ
ほほえみ　ふたつ　さとことば
　夕やけ　小やけが　きいていた

『葉もれ陽』九五号（一九九一年六月）

日本音楽著作権協会（出）許諾第１５１１２６７−５０１号

風のいろ

風のいろは　あたたかい
海から　山から　背なかから
あした　またねの　頬のいろ

風のいろは　なつかしい
父さん　おんぶの　いなかみち
まつり　だいこの　あかねいろ

風のいろは　わすれない
空いろ　花いろ　小犬いろ
母さん　ない子の　ゆめのいろ

『葉もれ陽』九五号（一九九一年六月）

あしたまたね

あした　またね
また　あした
お山の　むこうで　お日さまが
指切り　しずかに　みていたよ
ゆびいっぽん　ゆびにほん
すかしてみたら　秋のいろ

あした　またね
また　あした
日ぐれの　こみちで　お日さまが
仲よし　背中を　たたいたよ
それいいか　それまだか
とおくの山も　あたたかい

あした　またね
また　あした
カーテン　ゆすって　お日さまが
しずかな　お部屋を　のぞいたよ
もういいよ　おるすばん
母さんの声が　かけてくる

『葉もれ陽』九七号（一九九一年一二月）

ちいさなけんか

春が　くれば　おもいだす
つくしの　わけっこ　橋の上
勝っても　負けても
誰かが　けんか
ちいさな　けんか　どんじゃらホイ

夏が　くれば　おもいだす
西瓜の　わけっこ　たねとばし
はやい子　おそい子
誰かが　けんか
ちいさな　けんか　どんじゃらホイ

秋が　くれば　おもいだす
どんぐり　わけっこ　日ぐれみち
ポッケを　見せてと
誰かが　けんか
ちいさな　けんか　どんじゃらホイ

冬が　くれば　おもいだす
メンコの　わけっこ　いろりばた
まっかな　ほっぺで
誰かが　けんか
ちいさな　けんか　どんじゃらホイ

『葉もれ陽』一〇〇号（一九九二年九月）

つばきの子守唄

あかい　つばきに　あかい雪
しろい　つばきに　しろい雪
つんつん　つもって　夜が明ける
この指　さわれば　虹がでる

あかい　つばきに　あかい夢
しろい　つばきに　しろい夢
ほろほろ　お家が　ちかくなる
この道　かえれば　夕焼ける

あかい　つばきに　あかい風
しろい　つばきに　しろい風
ほろほろ　ゆらせて　子守唄
この子も　かわいい　花になる

『葉もれ陽』一〇一号（一九九二年一二月）

風にむかって

風にむかって　とべないちょうちょ
風にむかって　かんがえる
風が　眠るは　夕やけ子やけ
　花が　つめたく　なるころか

風にむかって　まっかな牡丹
風にむかって　首をふる
風が　呼ぶのは　夕立雲よ
　夢が　ちいさく　なるばかり

風にむかって　みんなは歌う
風にむかって　手をたたく
風よ　吹くなら　そよかぜこかぜ
　みんな　たのしく　なるように

『葉もれ陽』一〇三号（一九九三年六月）

からすうり

ゆらら　ゆらら　からすうり
かあさん　ない子に　あげたいな
　ゆめいろえくぼが　できるから
　　　　　　　　　　できるから

ゆらら　ゆらら　からすうり
かあさん　お里は　みえますか
　べにいろちょうちん　ゆれるから
　　　　　　　　　　　ゆれるから

ゆらら　ゆらら　からすうり
すずめも　まっかに　してあげて
　夕やけお山は　さむいから
　　　　　　　　さむいから

『葉もれ陽』一〇六号（一九九四年三月）

夏をみつけた

みんなの　夏は
夜明けの空に
みつけた人だけ　見える虹
ホイホー　ホッホ
見つけたか

ちいさな　夏は
みどりの川に
まいごの目高を　つれてくる
ホイホー　ホッホ
見つけたか

おおきな　夏は
銀河のそばに
ゆめいろスバルを　ねむらせた
ホイホー　ホッホ
見つけたか

『葉もれ陽』一一一号（一九九五年八月）

日本音楽著作権協会（出）許諾第１５１１２６７―５０１号

いいことありそな

ふりむけば　ふりむいて
ほほえみやさし　花の顔
私の朝が　いまひらく
いいことありそな　青い空
　はずむ靴音　光る町
いいことありそな　青い空

そよかぜの　かぜのなか
季節がくれた　花ことば
私が窓を　あけるとき
いいことありそな　風のいろ
　おさなともだち　よぶように
いいことありそな　風のいろ

たちどまり　見るひとに
おもいでかさね　花が咲く
私の今日も　たそがれて
いいことありそな　月あかり
　夢をかぞえて　ねむろうか
いいことありそな　月あかり

『葉もれ陽』一一一号（一九九五年八月）

ありがとさんよ

花は子どもを　あそばせて
春をよぶうた　とりのうた
むかえるように　咲きました
ありがとさんよ　ありがとう
　風のむこうは　並木みち

海は夕立ち　よんできて
舟で来る人　かえる人
むかえて虹を　上げました
ありがとさんよ　ありがとう
　青いそよかぜ　みなと町

山はとんぼを　つれてきて
ここも豊年　秋まつり
お空へ笛を　吹きました
ありがとさんよ　ありがとう
　たいこたたいて　おじいさん

町はみんなを　ねむらせて
風の吹く夜　雪のよる
しずかに　灯りつけました
ありがとさんよ　ありがとう
　夢を分けっこ　おとなりさん

『葉もれ陽』一一二号（一九九五年一〇月）

雪のふる夜は

雪のふる夜は　うさぎに　なって
背中も　まるく　ねんころろ
うたってみたい　子守唄
　雪がふるから　むかしを想う
白いふるさと　あの灯り
みんなみんな　とおくなり
私のちいさな　こもりうた

雪のふる夜は　りんごの　ように
母さんの　ひざで　ねんころろ
きかせてほしい　子守唄
　雪のむこうの　あの子を想う
白い旅立ち　赤い頬
みんなみんな　夢になり
私のちいさな　こもりうた

『葉もれ陽』一一三号（一九九五年一二月）

め・め・め　かごのなか

つんつん　くすぐる　山の風
とんとん峠は　いいにおい
たらの芽　わらび　山椒の芽
め・め・め　かごのなか

つんつん　つみ草　いつまでも
お日より峠の　おばあさん
たらの芽　わらび　山椒の芽
め・め・め　かごのなか

つんつん　つばなの　せいくらべ
さよなら峠に　日がくれる
たらの芽　わらび　山椒の芽
め・め・め　かごのなか

はるのめ　めめめ　かごのなか

『葉もれ陽』一一三号（一九九五年一二月）
日本音楽著作権協会（出）許諾第１５１１２６７―５０１号

とんとん石だん

じゃんけんホイヨ　赤いくつ
とんでるはねてる　赤いくつ
負けても勝っても　おともだち
とんとん石だん　まだ高い

アイコでホイヨ　だれのくつ
うしろをむいてる　だれのくつ
日かげで　アリサン　さがしてる
とんとん石だん　まだ高い

おやすみタイムは　白いくつ
とまってしまった　赤いくつ
もうすぐ港が　見えるでしょ
とんとん石だん　まだ高い

さよならしたい　青いくつ
お空を見ている　黒いくつ
汽笛がみんなを　よびました
とんとん石だん　あといくつ

『葉もれ陽』一一四号（一九九六年四月）

日本音楽著作権協会（出）許諾第１５１１２６７―５０１号

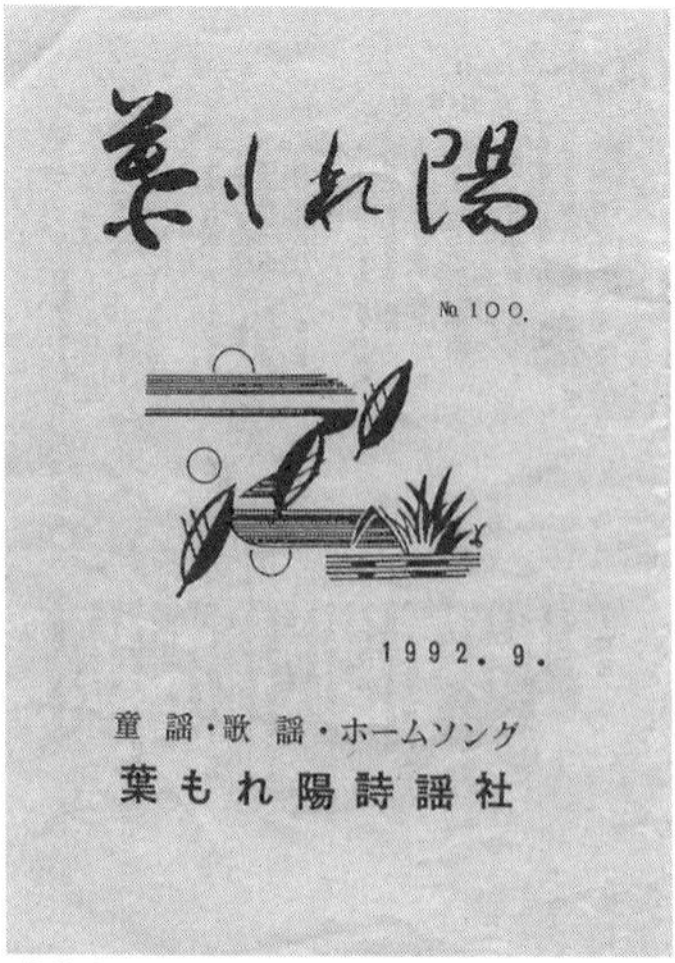

『葉もれ陽』100号の表紙（1992年９月）

ふるさとの歌

細川は、童謡のほかにも校歌、音頭、歌謡詩（ペンネーム青山純）などたくさんの歌をつくった。

今の自分に出来ることで、ふるさとに恩返しをする。それが、細川の見つけた「しあわせ」の作法だったのかも知れない。近江商人の町に生まれ育った彼なりの「世間よし」なのだ。その一端が、ふるさとの歌づくりである。

愛東町（現・東近江市）女性ＣＩチームにプレゼントした「愛・あい・あいとう」は、足立愛作究のメロディに乗って町民に親しまれた。綿向山に送電線の鉄塔を建設する計画が持ち上がると、山の自然破壊に対する怒りと悲しみを込めて「綿向山讃歌」を作詞している。

歌づくりだけでなく、滋賀県作詞家協会（後の滋賀作詞クラブ）の発足に参加し、滋賀文学祭への作詞部門新設に尽力した。また、「琵琶湖周航の歌」に並ぶ第二、第三の「滋賀の愛唱歌」づくりに仲間とともに取り組んだ。童謡以外の歌でのラスト・ソングは、『逢美路』（一九九六年六月）の〝新しい近江の歌〟作曲募集課題詞特集号に掲載された「湖北夕照《せきしょう》」である。

綿向山讃歌

いくとせの　嵐にたえてはつらつと
そのすこやかな　山肌に
人は　ふるさとみつけます
花はいのちを　もやせます
あゝわたむきは　父、母の山

いまもなお　神います山ふかみどり
そのあけくれの　かがやきに
人は　のぞみを抱きます
町はあしたへ　進みます
あゝわたむきは　夢さそう山

雲のはてふるさと遠きおもいでは
その七色の　山すがた
ひとは　夢路にかたります
風は　しあわせはこびます
あゝわたむきは　なつかしの山

語りつぐ歴史のなかに美しく
そのすがたこそ　いつまでも
ひとは　しずかに祈ります
星はあの山　見つめます
あゝわたむきは　ふるさとの山

（初出不明）

日本音楽著作権協会（出）許諾第１５１１２６７－５０１号

びわ湖ようそろ

びわ湖ようそろ　さざ波よそろ
さくら送れば　あやめは雨に
　ぬれて大津は　恋みどり
　鳰《にお》の浮寝は　誰を待つ
　エーサようそろ　誰を待つ

びわ湖ようそろ　想い出よそろ
青い花火が　竹生に消える
あれはさすらい　男星
　もえたあの日が　なつかしい
　エーサようそろ　なつかしい

びわ湖ようそろ　ふる里よそろ
風の堅田へ　初鴨だより
待つは伊吹の　もみじ宿
　点す灯りも　夢もよう
　エーサようそろ　夢もよう

びわ湖ようそろ　情けもよそろ
泊り港に　手鏡ひとつ
娘十九は　春を待つ
　比良の笹雪　虹あかり
　エーサようそろ　虹あかり

（初出不明）

ふるさと日野町

綿向山の　ふかみどり
仰げば　清く　澄むこころ
かおる　石楠花《しゃくなげ》　夢に咲く
ふるさと　日野町　さわやかに
　明日の　よろこび　招く町

みどりに　謳《うた》う　日野川の
歴史の　誉れ　守りつつ
土の　恵みに　生きる幸
ふるさと　日野町　すこやかに
　若い　いのちの　育つ町

桧物里の　まごころを
育む　文化　新しく
協《あわ》す　力に　湧く希望《のぞみ》
ふるさと　日野町　なごやかに
　人の　しあわせ　つつむ町

（初出不明）

ふるさとに歌ありて

ふるさと　いくとせ　来てみれば
山　山　山は　夕焼けて
松の梢の　つたかづら
　おさない夢を　べにいろに
そのはかなさも　なつかしく

ふるさと　いくとせ　来てみれば
道　道　道は　風のなか
秋の七草　吹きわけて
　峠の霧に　きえてゆく
その想い出の　なつかしく

ふるさと　いくとせ　来てみれば
母　母　母は　とおい星
白い墓標に　にじむ夢
　おさげのかみに　露をおく
そのつめたさも　なつかしく

『葉もれ陽』一二七号（一九六七年八月）

ふるさとすすき

ちぎれたぞうり　片手にさげて
待っておくれと　ともだちを
泣きべそかいて　追うたみち
すすきにかくれ　またみえて
あの日の夕陽は　赤かった
あの日の村は　遠かった

お化けの声が　すすきのかげで
ここだここだと　かくれんぼ
ひとりの僕は　うづくまり
すすきの穂波　見てたっけ
あの日の土は　ぬくかった
あの日の風は　青かった

別れてとおい　思い出こみち
おいでおいでと　さしまねく
茜のとんぼ　二日月
ふるさとすすき　銀の波
あの日の夢を　手のひらに
あの日の唄を　この背に

『近江日野商人館・なつめの会曲集』より
レコード『邂逅1』小坂明子・曲（一九七六年）
日本音楽著作権協会（出）許諾第1511267―501号

往年の童謡作家とシンガーソングライターによるコラボレーションとして発表された『邂逅Ｉ～もしかするとこれがフォークかも』（東宝1976年）のレコードジャケット。小室等、小田和正、イルカ、みなみらんぼう、杉田二郎など九名が作曲を担当。細川の作詞した「ふるさとすすき」は、「あなた」で知られる小坂明子が曲をつけた

小さなかけ橋

あなたの　窓を　とんとんとん
たずねているのは　誰《たれ》でしょう
虹の　小人か　そよ風か
こどもに　なって　手をつなぎ
わたろう　小さなかけ橋
明日の　希望《のぞみ》が　ひらきます

あなたの　肩を　たんたんたん
たたいているのは　誰《たれ》でしょう
日なた　ぼっこの　思い出か
しあわせ　いろの　頬よせて
うたおう　小さなかけ橋
みんな　ふるさと　みつけます

あなたの　夢を　ひいふうみい
かぞえているのは　誰《たれ》でしょう
星の　ピアノか　ゆりかごか
ほほえみ　さそう　ふれあいを
さがそう　小さなかけ橋
わかい　よろこび　生れます

朝日新聞（一九八五年五月二六日）

日本音楽著作権協会（出）許諾第１５１１２６７―５０１号

蒲生野《がもうの》は秋

青すすき　青すすき
おさな　穂先の　いぢらしく
蒲生野は　秋を　かぞえて
夕ごころ
　野菊は　ひとり　ほそみちに
かえらぬ　ひとの　夢を追う

初雁よ　初雁よ
母に　逢うのは　いつの日か
蒲生野は　秋を　さがして
旅ごころ
　茜に　もえて　道しるべ
わかれの　町を　ふりかえる

こおろぎよ　こおろぎよ
恋に　つかれた　ためいきか
蒲生野は　秋を　うらみて
うたごころ
　鈴鹿《すずか》山の　風は　ゆきくれて
湖《うみ》べの　町に　灯をかざす

『滋賀県作詞家協会会報』№２（一九八七年八月）

百舌鳥《もず》がいない

まちに　まちに
百舌鳥が　いない
川に　川に　風がある
春を　さがしに　いったのか
夕焼けを　追うて　いったのか
　別れも　告げずに　百舌鳥がいない

いつか　いつか
百舌鳥が　いない
枝に　枝に　雨がふる
歌の　こころが　恋しいか
海鳴りの　村が　恋しいか
　私に　かくれて　百舌鳥がいない

ある日　ある日
百舌鳥が　いない
空に　空に　夢がある
旅の　運命《さだめ》を　知ったのか
むなしい　愛を　知ったのか
　ちいさな　この町　百舌鳥がいない
きびしい冬の　身がまえを
おしえてくれた　わたり鳥
百舌鳥よ　さよなら　さようなら

『滋賀県作詞家協会会報』№３（一九八七年一二月）

琵琶湖ひとり唄

ふりむく町は　とおすぎて
忘れた道は　おぼろ色
びわ湖の花に　会ったとき
わたしは　ふるさと　想います
　そらの　どこから　わらべ唄
　ゆめを　ください　三《み》井《い》寺の鐘

かぞえた年を　すてながら
ひろった愛は　あかねいろ
びわ湖の波に　ぬれたとき
わたしは　あなたを　想います
　よべば　やさしい　里ことば
　ひとつ　ください　かいつむり

さすらい雲の　はかなさを
みつめた鳥は　風のいろ
びわ湖の宿に　ねむるとき
わたしは　むかしを　想います
　志賀の　都よ　恋の歌
　とめて　ください　比《ひ》良《ら》山の月

『滋賀県作詞家協会会報』№４（一九八八年三月）

なつめのともだち

なつめの　ともだち
なつめの　ように
かわいい　ほほえみ　ありがとう
なつめ　ころころ　肩よせあって
うたおう　明るい
あしたの　ために

なつめの　ともだち
小鳥の　ように
しあわせ　みつけて　こんにちは
なつめ　ころころ　そよ風こみち
さがそう　ふるさと
あなたの　ために

なつめの　ともだち
こどもの　ように
あの夢　この夢　またあした
なつめ　ころころ　まごころひとつ
つなごう　やさしい
みんなの　ために

『なつめの会テーマソング』（一九八八年四月）

蒲生野いまは

もくれんの　花びらが
蒲生野を　わたる
なげきを　のせて
なげきを　のせて　ひとつ
うれいを　のせて
うれいを　のせて　ふたつ
ねむり　つづける　野の仏
ふるさといろの　ふるさとに
生れる　いのち　はかなくて
蒲生野　いまは　花のなか

れんげ草　さわやかに
蒲生野を　そめて
歩みを　とめる
歩みを　とめて　ひとり
そよ風　とめる
そよ風　とめて　ふたり
夢が　呼んでる　青い空
ちいさな指が　指さして
せつなく　ひびく　まつり笛
蒲生野　いまは　あかねいろ

『葉もれ陽』九二号（一九九〇年九月）

蒲生野とんび

夢がほしいか　蒲生野とんび
春がのぞいた　むらさき野
ひとり　とぶのは　さみしかろ
ひとつ　麦笛　吹いてやろ
吹いてやろ

人が恋しか　蒲生野とんび
石の仏の　石塔寺
どこか　かなしい　顔ばかり
背中おしては　蝉しぐれ
蝉しぐれ

風がつらいか　蒲生野とんび
あかね紅葉の　永源寺
翼あずけて　ひとやすみ
のこり柿でも　まだ赤い
まだ赤い

どこで寝るのか　蒲生野とんび
雪のひと夜は　村ざかい
親の　ない子の　まくらべに
里の灯りを　つれてこい
つれてこい

『葉もれ陽』九六号（一九九一年九月）

ふりむけば山

【かえりみて一〇〇号】

ふりむけば　山　むらさきに
いま　たどりゆく　花峠
こころの　友と　うたぐるま
押せば　なつかし　草ひばり

ふりむけば　山　こみどりに
みち　さぐりゆく　風峠
いのちの　証し　うたごよみ
抱けば　われ呼ぶ　雲の峯

ふりむけば　山　たそがれに
霧　たちのぼる　夢峠
誓いの　ごとく　うたあかり
君に　ささげて　夜の秋

ふりむけば　山　きびしさに
泣く　ひとあれば　雪峠
なぐさめ　かわす　うたことば
あつき　なみだに　春立ちぬ

『葉もれ陽』一〇〇号（一九九二年九月）

愛・あい・あいとう

まごころ　むすんで　ほほえみを
誰に　あげよと　花が咲く
メロンの　香り　満ちる　まち
　あいとう　ゆめまち　愛のまち
愛　あい　あいとう　こんにちは

ふれあい　こころと　なぐさめも
つつむ　ブドウの　プレゼント
みどりの　山が　招く　まち
　あいとう　ゆめまち　愛のまち
愛　あい　あいとう　よろしくね

働く　仲間の　うたごえが
とんで　明るい　お茶畑
希望の　虹が　伸びる　まち
　あいとう　ゆめまち　愛のまち
愛　あい　あいとう　ありがとう

『愛東町イメージソング』（一九九二年一〇月）

夏のうた

傘は　干しても
あしたは　ぬれる
雨の　六月　ちょっぴり　晴れた
雲の白さに　目を見張る
　いいな　生きてる　仲間たち

へちま　おどれよ
トマトは　吠えろ
光る　七月　青空　はるか
海の呼ぶ声　窓を打つ
　いいな　若い日　いつまでも

花火　きえても
ときめき　のこる
風の　八月　はだかに　生きて
青い月夜は　夢をみる
　いいな　いのちが　また燃える

『葉もれ陽』一〇二号（一九九三年二月）

花のある町

花のある町　若いまち
生きてるよろこび　おはようさん
たれかさんと　おとなりさん
いらっしゃい
すみれ　あさがお　きく　ふくじゅそう
ありがとう　みんなの　ハーモニー

花のある町　光るまち
はたらくみんなが　こんにちわ
たれかさんと　おとなりさん
がんばるね
すみれ　あさがお　きく　ふくじゅそう
ありがとう　しあわせ　ハーモニー

花のある町　星のまち
あの窓　やさしく　こんばんわ
たれかさんの　おもいでさん
つれてきて
すみれ　あさがお　きく　ふくじゅそう
ありがとう　おやすみ　ハーモニー

『葉もれ陽』一〇四号（一九九三年九月）

「ぼてじゃこ」の夏

水のきらめきを　おぼえていますか
ぼてじゃこが　虹色に群れて
草かげの　白い　ためいき
　ふるさとの夏を　しずめたほそい川

水のつめたさを　おぼえていますか
ぼてじゃこを　素足で追うた
少年の　小さな　ときめき
　ふるさとの夏の　真昼の白い雲

水のやさしさを　おぼえていますか
ぼてじゃこの　帰って来る日
みずうみの　夢が　生れる
　ふるさとの夏の　おおきな贈りもの

『葉もれ陽』一一四号（一九九六年四月）

湖北夕照《せきしょう》

塩津が浜の　夕ざくら
過ぎゆく季節《とき》を　かぞえてか
琵琶湖の哀歌　若人の
命を惜しみ　波も泣く
　さくらさくらよ　春おぼろ

高時川の　夕すずめ
流れる夢を　さがしてか
戦さの跡は　草のなか
空しく鳴けば　野分け吹く
　すずめすずめよ　夏かなし

竹生《ちくぶ》の島は　夕あかり
別れの歌を　映してか
大悲の仏　掌をひらき
無常の鳥を　放ちゆく
　あかりあかりよ　秋は逝く

尾上《おのえ》が宿の　夕なぎさ
実らぬ恋を　なげいてか
北行く女の　影つつみ
湯けむりうすく　ながれゆく
　なぎさなぎさよ　冬さみし

『逢美路』二一五号（一九九六年六月）

あとがき　～なんなんなつめの「しあわせ」さがし

筆者は、平成三年（一九九一）からの数年、同人誌『葉もれ陽』の詩に曲をつけてご縁ができた。詩話会やコンサートの折に何度か言葉を交わす機会を持ち、その度に細川の純朴な人柄に触れた。そんなに近しい位置にいた訳ではなかったが、たとえ一時期とはいえ歌づくりという共通の接点を持つことができ、どうしても埋もれさせてはならない人だと思った。
亡くなる四年前の『葉もれ陽』一一三号「鈴鹿だより」に、次のような文章を見つけた。

「一番大きな宿題は『作品集』の出版である。各氏からの立派な詩集や句集を戴くと、私もなぁ……と思う。どんな立派なお墓よりも、たとえ見栄えのしないものであっても、生きる証しとしての一冊は残したいと切に思う」

本書には、『葉もれ陽』をはじめ『童謡と唱歌』『童謡詩人』などに掲載された彼の作品を収録した。氏の意向に叶った「作品集」には到底及ばないかも知れないが、宿題のお手伝いくらいはできたのではないだろうか。
細川は常々、童謡づくりを通じて「自分なりに、自分の出来ることで社会にお役に立ちたい」と言っていた。決して背伸びをせず、良寛のように知足（足るを知る）をわきまえ、自分の力相応にコツコツと積み重ねた結果が、三七年間、一一四号まで続いた同人誌『葉もれ陽』であったと思う。

初期のテレビ世代に育った筆者は、「鉄腕アトム」や「巨人の星」の主題歌は知っていても、「あの子はたあれ」や「ちんから峠」にはまったくなじみがない。もちろん川田正子の歌声も知らなかった。

ちょうどアイドル歌手がテレビに登場しはじめた時期に、筆者は思春期を迎えた。昭和四八年（一九七三）、浅田美代子がデビュー曲として歌った「赤い風船」は、「現代の新しい童謡」といったコンセプトで作られた曲だという。

そう言われると、安井かずみのつくったこの詩は、冒頭のフレーズから「あの子はたあれ」を連想させる。浅田自身も、テレビドラマ『時間ですよ』に出演して〝隣のミヨちゃん〟と呼ばれており、「あの子はたあれ」を意識したキャラクターだったともいえる。

童謡にはあまり縁のなかった筆者ではあったが、同じ勤め人である細川が多忙な仕事のかたわらライフワークとして童謡の詩作に取り組んだ生き方に興味を抱いた。

彼の人生をたどる行為は、あわただしい現代社会の中で単調な毎日に身を沈ませ、物足りなさや不満を抱きつつも何となく生きてきた筆者自身の生き方への問いかけでもあった。作品集のほかに評伝を書こうと思い立ったのも、このような経緯からである。

評伝を書くにあたって、滋賀県日野町はもとより群馬県へも度々足を運び、行く先々でたくさんの方にお世話になったのも、良い刺激となった。

細川の生家近くにある近江日野商人館を初めて訪ねたとき、正野雄三館長（当時）から投げかけられた言葉は印象深い。

「仕事のほかに何かしているか？　定年になってからでは遅い。今のうちに、何かやることを見つけておきなさい。できれば社会に役立つことを。それが『三方よし』の〝世間よし〟ということや」

群馬への取材では、県立土屋文明記念文学館の石山主席専門員が「全面的に協力しましょう」と言って、細川の同人誌や貴重な資料をたくさん見せて下さった。また、藪塚中央公民館の松井和子係長には、岡崎商店の跡地などをわざわざ案内していただいた。（役職名はいずれも当時）

海沼實のふるさと長野にも足を運んだ。そのとき泊ったビジネスホテルの湯茶ポットのそばに「お茶はゆっくり飲みましょう」と書いてあった。

思うに、現代人は忙しくゆとりがない。あたかも熱いお茶を急いですすっているようなもので、お茶を味わうどころか、口の中を火傷してしまいそうな態である。そのくせ「喉元過ぎれば熱さ忘れる」のがニッポン人である。

今の世の中を筆者なりに俯瞰してみると、余裕のなさが人の心を支配しているように見える。余裕のないところからは、創造性は生まれない。ゆとりのない社会は、ときに心の判断を狂わせてしまう。鼻歌すら出てこない世の中は、なんともさみしいではないか。

まずは、大人が自分たちの文化を取り戻すこと。大人が歌える歌も持たないようでは、日本文化の成熟はあり得ない。

◇

筆者が日野の細川宅を初めて訪ねたのは、ちょうど日野祭の日だった。「今、お祭に行ってますの」と奥さんが応接して下さった。しばらく待っていると、一文字笠に裃姿で帰って来られた。お祭好きの少年のような第一印象を受けた。

晩年の細川（日野の自宅前で）

この時、細川が七六歳、筆者は三四歳だった。こちらの顔があまりにギラギラしているように見えたのか（これまでにも野心を抱いて彼に近づく者はあったろう）、
「まず自分自身がしあわせにならないと、いい歌はつくれないよ」
と、静かに諭されたことが昨日のことのように想い出される。

文化の本質は「しあわせさがし」であると細川は言う。

成功や名誉のためであってはならない。「自己の内から湧き出る楽想や詩想は、まず自己の心の安定がなければいい歌づくりにつながらない」という彼の確信から出た言葉だったのだろう。


しあわせとは何なのか？

細川の言う「しあわせ」が果たして何であるか、筆者には分からなかった。ただ、彼の「しあわせさがし」のキーワードは、「謙虚さ」ではないかと思った。

「謙虚」を辞書で引くと、「ひかえめでつつましやかな様。自分の能力・地位などにおごることなく、素直な態度で人に接するさま」（『大辞林　第二版』）とある。

筆者が見る限り、細川は「謙虚」の人であった。自然を慈しみ、足るを知り、自分の背丈にあった生き方をした人という印象である。「あの子はたあれ」の作詞家だということを鼻にかける素振りは露ほどもない。

謙虚の「謙」は〝へりくだる〟という意味だが、謙虚の「虚」とは何なのか。からっぽ、無、空……。利害や計算のない虚の心である。決してやせ我慢ではない。いわゆる「無用の用」といわれるものだ。水上勉の次の言葉を思い出した。

「身体に宿ってきたいろいろなものとか、心にずっと蓄積したものというのは、人間はどうしたって捨て難い。未練だとか、こだわりとか、欲望とか、期待感とかそういうものをいったん捨てろ、と道元は言うのである。コップの水を空っぽにして、そうすればものが入ってくる。『今』がたくたくと入ってくる。自分から捨てないと、もう如来の言葉も入れようがないではないか。」

（『泥の花「今、ここ」を生きる』水上勉　河出書房新社、二〇〇五年）

情報を頭いっぱいに詰め込み、欲望にとりつかれ、時間に追われる私たちである。虚心（心の余裕）であれば、「『今』がたくたくと入って」くるのである。それは、しあわせが「たくたくと入って」くるとも言い換えることができるように思う。

それは控えめで小さな「しあわせ」であるかも知れない。ある程度の年齢になれば、本当のしあわせは外にはなく内にあることに気付くものだ。

細川は、しばしば自分の名前（雄太郎）に「雄」ではなく「裕」の字を使った。家の玄関には「細川裕太郎」の表札が掲げられている。強く雄々しく威勢のよい「雄」ではなく、心のゆとりを表わす「裕」という状態を望んでいたからではないだろうか。「裕」は「容」と同系の字であり、容器であるコップ（虚）にたとえた水上の言葉にも通じる。

まず、自分自身が謙虚であること。それはたいへん難しいことであるが、言い換えれば謙虚であろうとすることだ。

さらに、しあわせとは「仕合わせ＝めぐりあわせ」のことであり、流動的なものでもある。どんな人でも、常に満たされた状態は続かないのが現実である。この現実に対しても、私たちは謙虚に受け入れなければならない。

利潤や出世を求めて刺々しくせかせかと慌ただしい現代であるが、「みんなちがって、みんないい」とうたった金子みすゞのように、おおらかに人生を見つめることの大切さが今、問われているのだ。

◇

細川の晩年の作品に、「ほほえみふたつ」（志間村昌人・作曲）という童謡がある。妻が旅立った年、この歌は埼玉の『童謡抒情歌謡祭』で発表され、好評を得ていた。

ちいさくなったら　おしまいよ
せいのび仲間が　ほしいから
おとなりさんへ　とんとんとんとん
しあわせくらべ　しませんか
ほほえみふたつ　日向《ひなた》ぼっこ
ちぎれたあの雲　いつ会える

むかしの　わたしは　もう居ない
今では　明日が　見えるから
おとなりさんへ　とんとんとん
毛糸の色は　どれしましょ
ほほえみ　ふたつ　色合せ
　からめた　小指が　あたたかい

いいこと　ばかりじゃ　ないんです
いつかは　あまえて　みたいから
おとなりさんへ　とんとんとん
身の上ばなし　わけっこよ
ほほえみ　ふたつ　さとことば
　夕やけ　小やけが　きいていた

日本音楽著作権協会（出）許諾第１５１１２６７―５０１号

いつもはわかりやすい言葉で詩を書く細川だが、この歌には「しあわせくらべ」とか「身の上ばなし」「からめた小指」といった具合に、およそ童謡には不釣り合いと思われる言葉が使われている。

特に二節・三節の出だしは難解である。「むかしのわたしはもう居ない／今では明日が見えるから」は何を指すのか？「いいことばかりじゃないんです／いつかはあまえてみたいから」も、随分大人びている。

若き日のユーチャンとミーチャン

あれこれ考えているうちに、第一節の「ちいさくなったらおしまいよ」と呼びかけている〝おとなりさん〟とは、奥さんのことではないかと思い当たった。つまり、これは夫婦の愛を歌った作品なのである。〝せいのび仲間〟とは、背くらべをする子どもとは逆の、歳をとって縮んでしまうことの背くらべだろうか。

おそらく縁側の日向に座って、ほほえみながら昔話に花を咲かせているであろう仲の良い夫婦の姿が目に浮かぶ。お互いどちらがしあわせだったのか、くらべっこをするかのように。

あくまでこれは筆者の勝手な解釈に過ぎないのだが、このような視点で詩を読み直すと、作品全体の意図が透けて見えてくるように思う。

第二節は、毛糸で編みものをしながら話している妻からの返歌ともとれる。咲かせた思い出話のなかには「わたしはもう居ない」、今このひとときに生きる「わたし」がいて、「しあわせ」とはそのようなものだと問いかけている。

でも、明日が「いいことばかり」とは限らないと、第三節では説いている。夫婦の「身の上ばなし」とは随分改まった表現だが、分かる気がする。お互いの苦労や悲しみは半分に「わけっこ」しよう、甘えることも必要だなどと言っているうちに、いつしか空は夕やけに染まっていた。

人間は老いて子どもに還る、と言われる。この歌は、老夫婦の姿が、ちょうどままごと遊びをしている幼い子どもの姿と二重写しになっていて、愛らしく、ほほえましく描写された「童謡」なのである。

理屈抜きに、何のこだわりもない心で、縁側に並んでしあわせそうに夕焼けを見ているふたり……。「文化の本質はしあわせさがし」という細川の言葉を裏付けるような、まさに足元のしあわせを見つめた作品だと筆者は思う。

◇

言うまでもなく、童謡詩は「言葉の芸術」である。だが、言葉は不完全なものだ。不完全ゆえに無限の可能性を秘めている……。言葉は人間そのもの、「個人」の主体そのものなのである。

その言葉の荒廃が、どんどん進行している。人間と切っても切れない言葉が荒廃すれば、人間自体も荒んでいくのは必然だ。だから、自分が発する言葉を決してぞんざいに扱ってはならない。

細川は、次の言葉を残している。

「あまりにも慌ただしすぎる現代のなかに、自分を見失はないためにも、詩を愛することは自分を愛することであると言える。いまの日本で一番恐ろしいことは、公害よりも、自己喪失ではないだろうか」（傍点筆者）

詩を書くことは、言葉を紡ぐことである。それは、あまたある言葉の中から作者の感性によって言葉を選びとる行為に他ならない。人生についても、同じことが言える。考えてみれば、人生は選択の連続である。

丁稚制度の狭い枠の中で、「他者の人生」を生きていた細川は、童謡と出会い、自分の人生を自ら選ぶことの大切さに気付いた。

戦後、ふるさとで生きることを選んだ細川は、遠くから慕い続けた幻影のふるさとではなく、本当の姿をそこに見た。ふるさとの自然は、あるがままに生きている。互いに共鳴しな

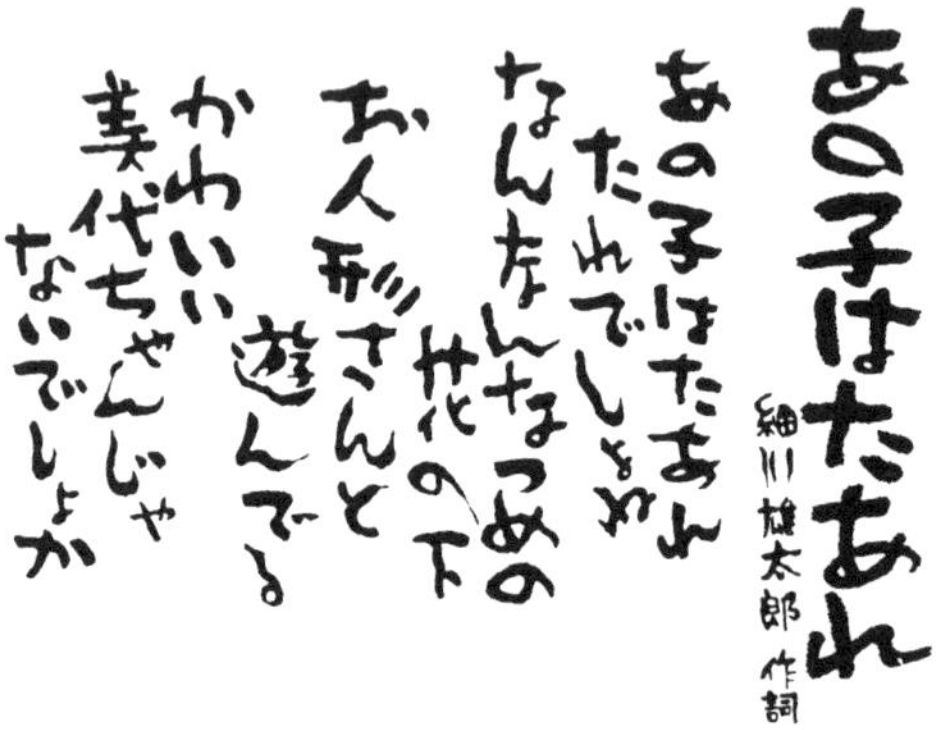
あの子はたあれ
細川雄太郎 作詞
あの子はたあれ
たれでしょね
なんなんなつめの
花の下
お人形さんと
遊んでる
かわいい
美代ちゃんじゃ
ないでしょか

細川の自宅玄関に飾られている「あの子はたあれ」のちぎり字

がら。

人生には苦も楽もある。その現実をあるがままに受け止め、仲間や家族とともに生きることの大切さを細川はふるさとの自然から学んだのである。評伝を書き進めるうちに、これこそが細川の見つけた「しあわせ」の流儀なのだと思った。

細川の言う「しあわせさがし」とは、「自分を生きる」ことと同義なのだ。だから、「しあわせ」は追い求めるものではない。なぜなら、自分の足元に、目の前に、すでにあるのだから……。

「あの子はたあれ」を書かせたのが「しあわせ」への気付きであるなら、同人誌『葉もれ陽』は「しあわせさがし」のひたむきな実践の書であったと言える。

細川は生前、「あの子はたあれ」の歌詞について、次のように語っている。

「みなさん〝あの子はだあれ〟と歌っておられる

ようですが、本当は〝だあれ〟なんですよ。別にかまいませんがね」（『歌をたずねて　愛唱歌のふるさと』毎日新聞学芸部　音楽之友社、一九八三年）

そして、何よりも大切なことは、童謡詩は読むだけでなく、歌われてこそ童謡だということである。細川童謡のルーツである青柳花明の言葉を借りるならば、「唄ふことに依ってこそ童謡の生命は輝く」のだ。

だあれもたあれも寄っといで。さあ、一緒に歌おう！　これからも、いつまでも、童謡がたくさんの人に愛唱されることをただただ願うばかりである。

◇

ふるさとの片隅で活動を続けた細川の童謡への熱意は、終生変わることはなかった。いつもそこには家族や仲間がいて、ふるさとの自然があり、童謡があった。そして、「童謡の輪を広げたい」という強く静かな志がそこにはあった。

唱歌「ふるさと」の第三節の歌詞には♪志をはたして／いつの日にか帰らん♪というフレーズがある。一般的な歌詞の解釈では、〝志〟とは立身出世を指すのだろう。丁稚奉公の経験を持つ細川は、『葉もれ陽』の随想「鈴鹿だより」に、次のように書いている。

「飾る錦とはなにかと自問して、カッコ良さでも財力でも無く、自分なりに、自分で出来ることを見つけ、力相応にふるさとへ御恩がえしをすること。（略）もっと平凡に言うなれば人間らしく美しく生きること。それもまた『志をはたして』ということにならないか」

ふるさとへの御恩がえし――、それは細川流の「世間よし」である。

今、なつめの家に主人《あるじ》はもういない。なつめは、彼の家にほど近い「近江日野商人館」の庭に苗が移植され、「二世」の木がすくすくと育っている。

細川が死ぬまで持ち続けた「童謡」への熱い想いが、この二世のなつめの木とともに生き続け、ふたたび日本中の子どもたちがほほえみながら口ずさめる心の歌が、いつしか生まれることを願ってやまない。

志をはたして
いつの日にか帰らん
山は青き故郷
水は清き故郷

古来、日本には人の死後に魂は山へ帰るという信仰があった。霊峰と言われ、修験者が籠り、仏教伝来後もその信仰は続いた。人はそれぞれの志を果たして、いつの日か山へ帰って行くものなのかも知れない。

細川が朝に夕に仰いだ綿向山は、鈴鹿路を見下ろして、みずみずしい命を輝かせている。その山頂では、きらきらと陽光につつまれた木々の葉っぱたちが、さわやかな風にゆらゆら揺れながら季節の歌を口ずさんでいる。

資料編

日本音楽著作権協会（出）許諾　第 1511267-501 号

楽譜1

あの子はたぁれ

細川雄太郎　作詞
海沼　實　作曲

日本音楽著作権協会（出）許諾　第 1511267-501 号

楽譜 2

ちんから峠

細川雄太郎　作詞
海沼　實　作曲

to
ほほえみふたつ　ひなたぼっこ　ちぎれたあ のくも いつあえる
ほほえみふたつ　いろ-あ わ せ　からめたこ ゆびが あ たたかい
ほほえみふたつ　さと-ことば　ゆうやけこ やけが きいていた
D.C.
coda

日本音楽著作権協会（出）許諾　第1511267-501号

楽譜3

ほほえみふたつ

細川雄太郎　作詞
志間村昌人　作曲

♩= 88
ちいさくなったら おしまいよ せいのびなかまが ほしいから
むかしのわたしは もういない いまではあしたが みえるから
いいことばかりじゃ ないんです いつかはあまえて みたいから
おとなりさんへ とんとんとん しあわせくらべ しませんか
おとなりさんへ とんとんとん けいとのいろは どれしましょ
おとなりさんへ とんとんとん みのうえばなし わけっこよ

略年譜

㊟「年齢」欄は、当該年の誕生日における細川雄太郎の満年齢を示す。

元号	西暦	年齢	年譜	社会の出来事
大正三年	一九一四	〇歳	一一月二七日、滋賀県蒲生郡日野町大窪に、父・豊吉、母・かんの長男として生まれる	八月、第一次世界大戦に日本参戦
大正七年	一九一八	五歳		七月、童謡雑誌『赤い鳥』創刊
大正一〇年	一九二一	七歳	日野小学校に入学。小学校時代に二人の教師と出会い、文学と芸術の面白さを知る	三月、足尾銅山大争議
大正一二年	一九二三	九歳	父・豊吉が病死	九月、関東大震災
昭和四年	一九二九	一五歳	日野小学校高等科を卒業。日野町の岡崎商店本家に奉公に出る	一〇月、世界恐慌。ニューヨーク株式が大暴落
昭和五年	一九三〇	一六歳	群馬県新田郡藪塚本町の岡崎商店・出店へ移る	九月、豊作で米価大暴落
昭和七年	一九三二	一八歳	この頃、味噌工場の隣に引っ越して来た小学校教師・定方雄吉と知り合い、同人誌『童謡と唱歌』を紹介される	五月、陸海軍将校が首相官邸などを襲撃（五・一五事件）
昭和九年	一九三四	二〇歳	徴兵検査を受ける	一二月、ワシントン海軍軍縮条約を廃棄し、日本は国際的に孤立
昭和一〇年	一九三五	二一歳	高等女学校に通っていた上の妹・千代が亡くなる	

昭和一二年	一九三七	二三歳		七月、盧溝橋事件発生。日華事変起きる
昭和一四年	一九三九	二五歳	定方の紹介で、『童謡詩人』主宰の横堀夫妻と出会い、恒子から作詞の手ほどきを受ける。同人誌を通じて、関沢新一らと知り合う。『童謡と唱歌』二月二〇日号に「泣く子はたァれ」を発表。海沼實の目に留まり、三月に付曲。続いて『童謡と唱歌』四月一〇日号に掲載された「ちりから峠」も四月に付曲。一〇月、「ねぼすけねずみ」（定方雄吉・曲）劔持恵子にてキングレコードより発売。この頃、「泣く子は誰」（海沼實・作曲）は音羽ゆりかご会児童によりNHK長野放送局（JONK）からラジオ放送	五月、ノモンハン事件で日ソ両軍が衝突 九月、英仏がドイツに宣戦布告（第二次世界大戦はじまる）
昭和一五年	一九四〇	二六歳	二月、NHK東京放送局（JOAK）『幼児の時間』で「泣く子はたァれ」が放送される。八月、「あの子はたァれ」と改題のうえキングレコードに吹き込まれた。一〇月、「思ひ出の戦線」（定方雄吉・曲、谷田信子・歌）キングレコードから発売。秋、満州から大豆が入らなくなり、岡崎商店を解雇される。一二月、横堀夫妻とともに海沼實を訪ねる	九月、日独伊三国同盟成立 一〇月、大政翼賛会発足

昭和一六年	一九四一	二七歳	三月、キングレコードより音羽ゆりかご会の秋田喜美子の歌で「あの子はたあれ」発売される。七月、召集。重砲兵として朝鮮海峡の麦島に赴任。出征途中の玄海灘付近で、関沢と出会う	一二月、太平洋戦争開戦
昭和一七年	一九四二	二八歳	三月、テイチクレコードにて戸板茂子の歌で「ちんから峠」が吹きこまれる。一一月、「中華の子供」が今林郷子独唱にてビクターから発売	六月、ミッドウェー海戦（四空母を失い、日本軍敗戦の転機）
昭和一九年	一九四四	三〇歳		七月、サイパン島守備隊玉砕
昭和二〇年	一九四五	三一歳	八月、敗戦。釜山で玉音放送を聞く。一〇月、帰国。日野町の実家に帰り、亜炭鉱山のトラック運送の仕事につく	八月、日本無条件降伏
昭和二二年	一九四七	三三歳	横堀眞太郎主宰『童謡祭』に同人として参加。地元日野の有志による文芸誌『炬火～ＴＯＲＣＨ』の編集を担当。一〇月、ラジオ歌謡で「僕らの灯り」（飯田景応・曲）が全国放送。秋、小林美津と結婚	五月、日本国憲法施行 八月、川田正子歌手を引退
昭和二三年	一九四八	三四歳	国営野洲川農業水利事務所に勤務（ダム工事後は、野洲川土地改良区に移管し、引き続き勤務）。日本コロムビアから宮永園子の歌で「あの子はたあれ」が発売される	五月、パレスチナ戦争（第一次中東戦争）

昭和二六年	一九五一	三七歳		九月、サンフランシスコ講和条約調印。日米安全保障条約調印
昭和二八年	一九五三	三九歳	長野の『童謡人生』（関澤欣三主宰）に詩友として参加	二月、テレビ放送開始
昭和三〇年	一九五五	四一歳	日野町教育委員に就任。四年間務める	一一月、自由民主党結成（五五年体制スタート）
昭和三一年	一九五六	四二歳	「日野小唄」を作詞	一二月、国連加盟
昭和三四年	一九五九	四五歳	三月、南英市・井上久雄とともに同人誌『葉もれ陽』を創刊。葉もれ陽詩謡社創立	四月、皇太子ご成婚（ミッチー・ブーム）
昭和三九年	一九六四	五〇歳		一〇月、東京オリンピック開催
昭和四〇年	一九六五	五一歳	母・かん、逝去	
昭和四五年	一九七〇	五六歳		三月、日本万国博覧会開幕
昭和四六年	一九七一	五七歳	六月、「あの子はたあれ」「ちんから峠」の作曲者・海沼實逝去	八月、ニクソン・ショック
昭和四七年	一九七二	五八歳	二月、恩師・横堀恒子逝去	二月、札幌で冬季オリンピック開催 五月、沖縄返還
昭和五〇年	一九七五	六一歳	野洲川土地改良区を定年退職	四月、ベトナム戦争終結

昭和五一年	一九七六	六二歳	往年の童謡作家と若手作曲家によるLPレコード『邂逅Ⅰ』発売。細川・詩「ふるさとすすき」は小坂明子が付曲	二月、ロッキード疑獄事件
昭和五八年	一九八三	六九歳	日野町木津（国道三〇七号線沿い）に「あの子はたあれ」の歌碑が建立される	四月、NHK「おしん」放送開始
			※現在は、日野町町民会館わたむきホール虹の正面玄関右側に移転（二〇一三年一二月）	
昭和五九年	一九八四	七〇歳	七月、川田正子と初めて対面（水口文化芸術会館にて）。一〇月、秋田喜美子とも対面を果たす	
昭和六〇年	一九八五	七一歳	一月、朝日新聞（東京）に掲載された記事「小さなかけ橋」がきっかけで九回連載。二月には合唱団も誕生。五月、団のテーマソング「小さなかけ橋」と「杉の木　いっぽん」を作詞（作曲はいずれも平岡照章）	五月、男女雇用機会均等法が成立（翌年施行）
昭和六一年	一九八六	七二歳	一一月三日、群馬県太田市藪塚本町にて記念講演。	一一月、国鉄分割・民営化法案成立
昭和六二年	一九八七	七三歳	一〇月、近江日野商人館で「細川雄太郎童謡展」が開催される。滋賀県作詞家協会の発足に参加。同事業として「ふるさとの歌」募集	一二月、米ソが中距離核ミサイル（INF）全廃条約に調印

昭和六三年	一九八八	七四歳	一月、童謡を次代に歌い継ぐ「なつめの会」が日野に発足。三月、日野町内に「あの子はたあれ」のミュージックチャイムが流れる。滋賀県芸術祭に「作詞部門」が創設される。一一月、群馬の岡崎商店跡地（和食そば処やまて屋）に「あの子はたあれ作詞の処」の碑が建立される	七月、リクルート事件
平成二年	一九九〇	七六歳	二月、長女を病気で亡くす。同月、滋賀作詞クラブ発足、同人誌『逢美路』の顧問となる。五月、日野町長より教育功労者表彰を受ける。六月、群馬県太田市藪塚本町に「あの子はたあれ」の歌碑が建立され、除幕式に川田正子・孝子姉妹とともに出席	八月、イラク軍がクウェートに侵攻
平成四年	一九九二	七八歳	九月、同人誌『葉もれ陽』一〇〇号を発行。同月、滋賀県文化賞を受賞。一一月、無二の親友・関沢新一逝去	九月、「学校週五日制」スタート
平成五年	一九九三	七九歳	五月、わたむきホール虹にて「川田正子童謡の夕べ」開催。細川と川田が対談し、童謡の未来について語る	八月、細川連立政権発足（政界再編）
平成六年	一九九四	八〇歳	五月、長野の「唱歌と童謡を愛する会」総会に出席。川田のコンサートでふたたび対談。善光寺参詣、「あの子はたあれ」歌碑を見学	七月、日本人女性初の宇宙飛行士向井千秋が宇宙飛行

平成七年	一九九五	八一歳	二月、愛東町イメージソング「愛・あい・あいとう」発表。三月一〇日、妻・美津が亡くなる。七月、京都新聞夕刊に自伝「たどり来し道」連載開始	一月、阪神・淡路大震災 三月、地下鉄サリン事件
平成八年	一九九六	八二歳	五月、旅行先の長野市で倒れる	
平成九年	一九九七	八三歳	一一月、地域文化功労者表彰（文部大臣表彰）を受ける	一二月、地球温暖化に向けた京都議定書採択
平成一一年	一九九九		二月二一日、急性循環器不全のため永眠。享年八四。翌日、日野町の浄土真宗本願寺派永福寺にて葬儀	

■主な参考文献

『人間慕情　滋賀の一〇〇人(下)』　大野新　サンライズ出版　二〇〇〇年
『日野商人　隠れたる北関東での謎』　駒井正一　藤田印刷　二〇〇二年
『日野のあゆみ』　正野雄三　マルキ印刷　一九七二年
『日野商人本宅調査報告書』　日野町教育委員会　東呉竹堂　二〇〇六年
『商とはなんだ　商人とはなんだ「てんびんの詩」』　竹本幸之祐　商業界　一九八四年
『現代に生きる　三方よし』　AKINDO委員会　サンライズ出版　二〇〇三年
『三方よし』第一八巻　第三六号　NPO法人三方よし研究所／発行　二〇〇一年
『近江商人　軌跡・系譜と現代の群像』　朝日新聞大津支局　かもがわ出版　一九九一年
『童謡　心に残る歌とその時代』　海沼実　日本放送出版協会　二〇〇三年
『別冊太陽　子どもの昭和史　童謡・唱歌・童画一〇〇』　高橋洋二　平凡社　一九九三年
『日本童謡集』　与田凖一　岩波書店　一九五七年
『「赤い鳥」6つの物語　滋賀児童文化探訪の旅』　淡海文化を育てる会　山本稔・仲谷富美夫・西川暢也　サンライズ出版　一九九九年
『童謡大学　童謡へのお誘い』　横山太郎　自由現代社　二〇〇一年
『唱歌・童謡ものがたり』　読売新聞文化部　岩波書店　一九九九年
『歌をたずねて　愛唱歌のふるさと』　毎日新聞学芸部　音楽之友社　一九八三年
『童謡と唱歌　歌唱の歴史(1)』　池田小百合　夢工房　二〇〇二年
『童謡でてこい』　阪田寛夫　河出書房新社　一九九〇年
『親子で読んで楽しむ日本の童謡』　郡修彦　ベストセラーズ　二〇〇四年
『最後の童謡作曲家　海沼實の生涯』　海沼実　ノースランド出版　二〇〇九年
『童謡は心のふるさと』　川田正子　東京新聞出版局　二〇〇一年
『人生レッスンを楽しく――歌が育む生きる力』　海沼美智子　海竜社　一九九八年
『「みかんの花咲く丘」わが人生』　加藤省吾　芸術現代社　一九八九年
『「みかんの花咲く丘」川田正子　歌とその時代』　恋塚稔　東京書籍　一九八四年
『作詞家・山上武夫の生涯　お猿のかごや』　神津良子　郷土出版社　二〇〇四年

『日本童謡音楽史』　小島美子　第一書房　二〇〇四年
『歌をなくした日本人』　小島美子　音楽之友社　一九八一年
『日本の音楽を考える』　小島美子　音楽之友社　一九七六年
『童謡の作り方』　斎藤信夫　白眉社　一九四八年
『童謡作曲の仕方』　河村直則　シンフォニー楽譜出版社　一九三三年
『童謡・唱歌の世界』　金田一春彦　教育出版　一九九五年
『童謡歌手から見た日本童謡史』　長田暁二　大月書店　一九九四年
『心の故郷　子どもの歌』　岡田純也　ＫＴＣ中央出版　一九九三年
『「金の船」ものがたり』　小林弘忠　毎日新聞社　二〇〇二年
『文芸としての童謡』　畑中圭一　世界思想社　一九九七年
『少年詩・童謡の現在』　菊永謙・吉田定一　てらいんく　二〇〇三年
『詩を読む人のために』　三好達治　岩波文庫　一九九一年
『詩・ことば・人間』　大岡信　講談社　一九八五年
『風穴をあける』　谷川俊太郎　角川書店　二〇一三年
『いわずにおれない』　まど・みちお　集英社　二〇〇五年
『生きていてよかった』　相田みつを　角川書店　二〇〇三年
『「子どもの目」からの発想』　河合隼雄　講談社　二〇〇〇年
『「あそび」の哲学』　別宮貞徳　講談社　一九八四年
『音楽ちらりちくり』　服部公一　新潮社　一九八四年
『モモ』　ミヒャエル・エンデ　大島かおり訳　岩波書店　一九七六年
『世にも美しい日本語入門』　安野光雄・藤原正彦　筑摩書房　二〇〇六年
『歌の中の日本語』　藤田圭雄　朝日新聞社　一九七〇年
『声の力　歌・語り・子ども』　河合隼雄・谷川俊太郎ほか　岩波書店　二〇〇二年
『雨情と新民謡運動』　古茂田信男　筑波書林　一九八九年
『日本の童画家たち』　上笙一郎　平凡社　二〇〇六年
『従軍看護婦たちの大東亜戦争』　同刊行委員会　祥伝社　二〇〇六年

『白衣の従軍記』　大津赤十字病院　看護婦同窓会　一九八七年
『子どもたちの昭和史　写真集』　同編集委員会　大月書店　一九八四年
『日野と太平洋戦争』　正野雄三　近江日野商人館　一九八八年
『別冊朝日年鑑　早わかり二〇世紀年表』　朝日新聞社　二〇〇〇年
『泥の花　「今、ここ」を生きる』　水上勉　河出書房新社　二〇〇五年
『にっぽん脚本家クロニクル』　桂千穂　ワールドマガジン社　一九九六年
『汽車がゆく、だから僕も……』　関沢新一　毎日新聞社　一九六九年
『モスラの精神史』　小野俊太郎　講談社　二〇〇七年
『茶道誌　淡交』№五四二第四五巻第四号　納屋嘉治　淡交社　一九九一年
『ぐんまの童謡』　ぐんまの童謡編集委員会　財団法人群馬県教育文化事業団　一九九二年
『藪塚本町誌』下巻　藪塚本町誌専門委員会　朝日印刷工業　一九九五年
『月刊　上州路三月号』特集～藪塚をいろどった人びと　あさを社　一九八九年
『上州文化　第四九号』　財団法人群馬県教育文化事業団　一九九二年
『佐波郡　三郷村郷土誌』　伊勢崎郷土文化協会　二葉印刷　一九八三年
『三郷の文化の記録』　伊勢崎三郷地区ふくしふれあい20運動推進協議会　一九八九年
『伊勢崎市史　通史編3　近現代』　伊勢崎市　ぎょうせい　一九九一年
『信州松代　童謡紀行』　渋谷正男　風景社　二〇〇三年
『野洲川物語』　田村喜子　サンライズ出版　二〇〇四年
『近江鈴鹿の鉱山の歴史』　中島伸男　サンライズ出版　一九九五年
『近江日野地方のわらべ唄集』　日野町文化協会　マルキ印刷　二〇〇二年
『童謡集　木馬の夢』　横堀恒子　童謡詩人社　一九五四年
『市民文庫③横堀恒子遺句集　葦の芽』　横堀恒子　伊勢崎郷土文化協会　一九七二年
『童謡詩集　子ども心を友として』　斎藤信夫　成東町教育委員会　一九九六年
『定方雄吉レコード作曲集』　定方雄吉　一九七一年　太田市立中央図書館　蔵
『横堀眞太郎　写真アルバム』一～一六巻　横堀真太郎蔵書　伊勢崎市図書館　蔵
第十二回企画展「少年少女詩・童謡詩展」リーフレット　群馬県立土屋文明記念文学館蔵　二〇〇一年一〇月二四日

〈ウェッブ『池田小百合なっとく童謡・唱歌』〉　URL　http://www.ne.jp/asahi/sayuri/home/index.htm
同人誌『葉もれ陽』『童謡詩人』『童謡と唱歌』『桐の花』『歌謡街』『炬火』　群馬県立土屋文明記念文学館　蔵
同人誌『童謡人生』　佐々木靖章氏蔵・群馬県立土屋文明記念文学館　蔵
同人誌『童謡祭』　前橋市立図書館　蔵
『たどり来し道』　細川雄太郎　京都新聞夕刊（二〇回連載）（一九九五年七月一日〜二五日）

★楽譜については次の通り

「あの子はたあれ」「ちんから峠」は『川田正子孝子　愛唱童謡曲集』第一集、第二集（新興音楽出版社、一九四九年）をもとに複製した。なお、「あの子はたあれ」の調性は近年の例にならい、ハ短調をイ短調に変更した。

「ほほえみふたつ」は、ｌｅｔｔａｒｃｏｎｃｅｒｔ『ＤＯＮＭＹ人生みぎひだり』（志間村昌人音楽工房一九九二年一月一日）による。

■著者紹介

夕住　凛（ゆうずみ・りん）

1957年（昭和32年）、滋賀県生まれ。

学生時代から文芸詩に親しみ、創造的な生き方に興味を覚える。詩、俳句（号・白瞬）などの創作のほか、独学で作曲法を習得。

細川雄太郎主宰の同人誌『葉もれ陽』に作曲参加し、氏の作品と人柄、童謡へのひたむきな情熱に触れる。

現在は、楽器の演奏にも関心を持ち、近江八幡市日吉野町のコミュニティカフェ「スマイル」でギターの弾き語りにチャレンジしている。

座右の銘は、森政弘博士の言葉「六眼」（密漠童洞慈自在＝みつ・ばく・どう・どう・じ・じざい）。

「あの子はたあれ」の童謡詩人
細川雄太郎　　　別冊淡海《おうみ》文庫24

2015年10月30日　第1刷発行　　N.D.C.914

著　者　夕住　凛

発行者　岩根　順子

発行所　サンライズ出版株式会社
〒522-0004 滋賀県彦根市鳥居本町655-1
電話 0749-22-0627
印刷・製本　シナノパブリッシングプレス

© Rin Yuuzumi 2015　無断複写・複製を禁じます。

ISBN978-4-88325-181-0　Printed in Japan　定価はカバーに表示しています。

乱丁・落丁本はお取り替えいたします。

日本音楽著作権協会（出）許諾　第1511267-501号

淡海文庫について

「近江」とは大和の都に近い大きな淡水の海という意味の「近（ちかつ）淡海」から転化したもので、その名称は「古事記」にみられます。今、私たちの住むこの土地の文化を語るとき、「近江」でなく、「淡海」の文化を考えようとする機運があります。

これは、まさに滋賀の熱きメッセージを自分の言葉で語りかけようとするものであると思います。

豊かな自然の中での生活、先人たちが築いてきた質の高い伝統や文化を、今の時代に生きるわたしたちの言葉で語り、新しい価値を生み出し、次の世代へ引き継いでいくことを目指し、感動を形に、そして、さらに新たな感動を創りだしていくことを目的として「淡海文庫」の刊行を企画しました。

自然の恵みに感謝し、築き上げられてきた歴史や伝統文化をみつめつつ、今日の湖国を考え、新しい明日の文化を創るための展開が生まれることを願って一冊一冊を丹念に編んでいきたいと思います。

一九九四年四月一日